闽水泱泱

閩水

決決

福建师范大学文学院文学创作丛书

情暖秋天

张文忠 著

海峡出版发行集团
THE STRAITS PUBLISHING & DISTRIBUTING GROUP | 海峡书局

图书在版编目（CIP）数据

情暖秋天／张文忠著. -- 福州：海峡书局，2024.6（2024.8 重印）
ISBN 978-7-5567-1212-0

Ⅰ. ①情… Ⅱ. ①张… Ⅲ. ①散文集-中国-当代
Ⅳ. ①I267

中国国家版本馆 CIP 数据核字（2024）第 066957 号

责任编辑 林丹萍
装帧设计 大　玲

情暖秋天
QINGNUAN QIUTIAN

著　　者	张文忠	
出版发行	海峡书局	
地　　址	福州市台江区白马中路 15 号	
印　　刷	三河市兴博印务有限公司	
厂　　址	河北省三河市杨庄镇大窝头村西	
开　　本	787 毫米×1092 毫米　1/16	
印　　张	11.5	
字　　数	165 千字	
版　　次	2024 年 6 月第 1 版	
印　　次	2024 年 8 月第 2 次印刷	
书　　号	ISBN 978-7-5567-1212-0	
定　　价	49.80 元	

序　一

　　相对于中原而言,无论是经济还是文化,福建都是开发较迟的区域。然而,经过唐、五代的发展,至北宋、南宋时期,随着文化南移,处于东南海疆的福建在文化投入方面令人注目,整个宋代福建就出了几千名进士。宋代的福建文化处于崛起的状态,州县学、书院的兴办,科举的发达,刻书业的繁荣,让福建一时文化精英荟萃。北宋著名词人、婉约派代表人物柳永就是今天的武夷山人,南宋著名词人张元幹、刘克庄也是福建人。时间发展到现当代,冰心、庐隐、林徽因、郑振铎、高士其等闽籍作家影响广泛,他们的作品成为经得住考验的长销书,用今天学术界的话来说,就是他们的许多作品都"经典化"了。

　　我无意过分强调福建的灵秀山水对孕育出一代代文人墨客的不可替代作用。地域文化的某些特征有时能让人发挥天赋,有时则制约人的创造力和洞察力。我只是说,从福建这片碧水青山走出来的读书人,他们对世界的思考,他们的审美创造,随着近代伊始"放眼看世界"的时代潮流不断涌动,表现出地域性文化与世界性文化的消化、融合大于冲突的特征。同样,他们的审美书写,既有博大的胸怀,又不乏细腻的精致。而这些特点在福建师范大学文学院创作文库的诸多作品中,亦能得到有力的印证。

　　福建师范大学文学院培养的学生相当大的一部分已经是福建省语文教学的骨干教师,培养优秀的师范类大学生无疑是教学方面的重点。同时,不少博士、硕士、本科毕业生也走上了大学教育、文化传播或行政管理等岗位,与师大文学院有着学缘关系的各类人才活跃在教育与文化建设的各个层面,他们的工作在毕业后已经有了很大的差异,但有些能力的不断强化依然是他们的共同点:一是能写,二是能说。

如果是一位语文老师,能写意味着老师的下海作文要能为学生做出示范,示范性意味着难度。语文老师的高素质表现之一就是老师写出的文章,无论是议论文还是记叙文,学生不但能服气,而且具有带动、启发的作用。近在咫尺,且与学生形成教学共同体的语文老师若"能写",其为"班级订制"的作品通常能发挥教材上的文章所无法替代的作用。如此,文学院的学生写诗歌、散文、小说、随笔,不是一种"业余行为",而通过写的"游戏状态"达到写的"专业状态"。这是因为这种"游戏之写",不是通过必修性的学分制度让学生受约束,而是通过鼓励性的氛围创造来推动进步。一位学生只有通过写小说、写散文、写诗歌,才会有耐心琢磨自我情感如何通过文字获得有效而别致的表达。一个运动员光看教学录像无法成为运动员,只有参加训练和比赛,才可能锻炼体魄,习得技术和战术。文学院从2009年开始举办一年一度的文学创作大奖赛,得奖作品汇编成正式出版物,展现学生的创作才能,通过"作品会操"提升创作水准,检讨作品得失,活跃创作氛围。如此持续多届,为形成创作批评与学术研究积极互动之特色打下基础。这样,从"运动员"到"教练员",今后师大文学院的毕业生,无论是从事教师工作,还是当新闻记者,或是从事其他文字工作,不但自己要写得好,更由于自己有了对写作的深切体验,懂得教他人写出一手好文章,而不是只会用几个既有的概念或术语来敷衍出几则写作方法。能力的培养,许多是习得性的,而不是概念性的。方法的"懂得"不见得会写,从方法学习到应用学习,有一大段距离要去亲自经历,也就是说,写作能力的习得具有不可替代性:只有体验过,受挫过,豁然开朗过,积累了一定量的写作体验,懂得自身的天赋如何通过写作发挥出来,才可能找到属于自己的表达路径。光说不练,写作体验是不可能达到深切的。从这个意义上说,此次创作丛书的出版,对鼓励性的创造氛围的进一步形成,将起到明显的推动作用。其影响也将是长期的。

此次文学院创作丛书的推出,其特色除了学生作品系列,更有教师与校友系列。我们知道,福建师范大学文学院的历史可追溯到1907年清宣统帝的老师陈宝琛创建的福建优级师范学堂的国文系科,是全国较早创办的中文系学科之一。历史上,叶圣陶、董作宾等著名作家曾在此任教,著名的翻译家项星耀也曾任教于师大中文系。创作、翻译、研究、教学,这在诸多现代文学人那儿,多是相得益彰、相映成趣。我们无意倡导高校中文系教师在教学、研究与创作诸方面的全能化,但至少应该欢迎有创作才能的高校教师发表文学作品。文学作品创作不像体操比赛,上了年纪的体操教练很难与年轻的运动员一比高低。创作可类比射击运动,经验丰富的老教练亦可充任赛手,与年轻运动员同台竞技,有时还能获得不俗成绩。此次教师系列与校友系列的创作者,既有名家,又有年轻的小说家、散文家、诗人,说不上洋洋大观,但也是济济一堂。第一次如此集中地推出在文学院工作以及在外就职的知名校友的文学作品,既是文学院教师群体创作实力的阶段性总结,亦通过作品的共同展示,了解知名校友的创作现状,深化知名校友与母校的学缘纽带联系,构建以师大文学院为出发点的创作共同体,让在校与校外的文学院文学创作者的各种作品,从各个侧面体现文学院历史与现阶段教学的成果。

文学院这三个创作作品系列,从年龄的角度看,也可视为老中青三代的不同生活与思想情感面貌的差异性汇合,他们都与师大文学院有着种种"不得不说的故事",他们的作品也或多或少反映了在母校生活的各种情感痕迹。当然,这是小而言之。就大处看,这三十年来,在我们这片土地上发生了各种变化与各种故事,然而,无论如何变化、如何不同,这三个系列的创作群体至少有些共同记忆密切地联系着福建师范大学,紧紧地联系着他们共同拥有的中文系和文学院。除了这一颇有意趣的共性之外,他们各自的生活与情感面相更可以让我们激动地发现,我们的同学、教师、校友通过他们的笔,对生活有着怎样的发现,又提供了什么样的思想与审美的景象。这犹如一系列的精神橱窗,让我们漫步其中,驻足品味,或会心一笑,或沉思感慨,或退后打量,或移情投入,说一声:"看看,毕竟都是师大文学院的人,他们有些地方太像了。"或是:"怎么都是师大文学院出来的人,他们的风格真是千差万别,争奇斗艳。"也许,这正是中文系、文学院应该有的写照,他们为了一个共同的爱好、趣味,曾经或现在正走在一起,他们以各自的思想与表达呈现各种看法,同时,又以他们的笔,共同表达对世界、祖国、家乡以及文学艺术的热爱。

福建师范大学副校长　汪文顶

序　二

1988年，我进入福建师大中文系，从那时起，我和文学的不解之缘就开始了。

那是文学创作的黄金时代，文科楼教室和宿舍楼里永远亮着不愿熄灭的日光灯，紧蹙的额头和双眉，格子簿上黑色的笔迹，一簇簇橙红明灭的烟头，都在暗示着文学风尚在那个时代是多么为人尊崇。我记得，中文系的闽江文学社云集了一大批文学爱好者。当年的文学爱好者，大多数现在已成了作家、评论家，他们将爱好做成了事业；更多的人，他们在工作岗位上发挥中文专业的特色和优势，在柴米油盐中眺望自己的理想。尽管当年的爱好已默默沉潜到生活的褶皱里，但毫无疑问，我和他们一样，用四年的时光培育了一生的情怀。

我们为什么需要文学？每个人都有各自的判断。毫无疑问，文学让我们更清楚地看见人生和世界，我们在艺术的视距里"看见"从来没有看到的，这也许就是文学永恒的意义。因此我们说文学是一项不朽的事业，所有曾经和正在进行文学创作的人们都值得嘉许和崇敬！

热爱文学的方式有多种：一种人以文学创作为终生的事业，另一种人持续阅读文学作品并关注文学的发展，用读者的身份和阅读的力量来影响文学的发展。大学毕业后，我曾经在莆田一中当过语文老师，经常鼓励和指导学生多写作文，写好作文，不断提高写作能力。如今虽然沉浮商海多年，但我依旧对文学创作怀有深深的情结。我愿意做后一种人，虽然放下了文学创作，但永远不离开它！

福建师大中文系是一个文学人才荟萃之地，这里有很多优秀的文艺创作者,有的作品还对当代中国文学的发展产生过重要影响,而我也因之受益良多。今天,欣闻"福建师范大学文学院文学创作丛书"即将出版,我非常荣幸能为这套丛书的出版尽绵薄之力,一方面表达我作为一名中文学子的拳拳之心,另一方面我也想对那些依然在进行文学创作的老师和同学们表示敬意!持续关注福建师大文学院的文学创作和研究发展情况,并能有所助益,这是设立"文学创作与研究奖励基金"的初衷。"福建师范大学文学院文学创作丛书"的出版不仅是福建师大文学院老师和学生文学创作成果的一次重要结集,更是一次集体展示,它不仅总结过往,更预示着将来。我想,福建师大文学院的文学创作传统也必将因之迈上新的台阶,继续发扬光大!

福建师范大学文学院 1988 级　林　勤

目　录

辑一

情牵四季

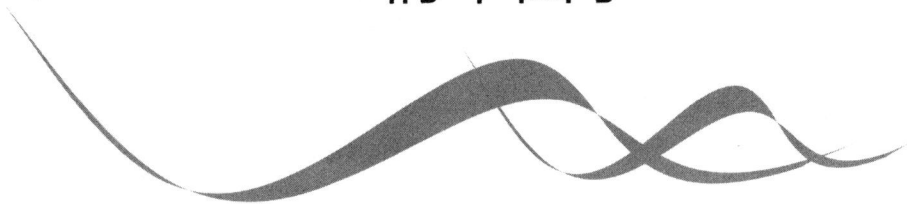

怀念长安生涯

1994 年高考成绩揭晓，我考到了福建师范大学。9 月 22 日，我和送我远行的弟弟一起乘车北上，在福清待了一天，第二天又匆匆前往福州。一路漫天的风尘和流失的风景触动了我对家乡的留恋，也引发了我对前程的迷茫。终于，在一片夕阳的光芒中，汽车将我搁置在城市的一角。与弟弟道别，看着陌生的水泥路面，想着遥遥千里外的家乡，担忧着弟弟回去的漫长路程，我的内心一片酸楚。

开学不久，我被授命为年级刊物主编，开始了我的编辑生涯。这时候，因为参加全国竞赛的部分运动员集中在市体育馆训练，挤占了我们居住的宿舍。女生搬到了省团校。我因为编文稿，经常往省团校跑，和同学讨论修改文章。一次，我在一位女同学的来稿中发现了一篇很有灵气的文章，按着宿舍编号找了过去，门扉启处，迎门出来一双怯怯的眼睛，一副腼腆的神情。我和她谈了修改意见，她乐意地接受了。此后她又给我送来几份稿件，不再腼腆了。我把她的文章分期发在我们的刊物上。后来她的一篇散文在评奖时获了奖，我很高兴我发现了一位人才。

这位文章获奖的女同学终于和我熟悉了，可能是因为我肯定了她的写作才能的缘故吧，对我有了许多感激和尊重。两年以后，我生病休学，在寂寥孤独的家中，收到了她从学校寄来的一封信，情词恳切，让我在感动中添加了一份对生活的热爱，鼓足了勇气去面对生活中遭遇到的不幸。大二时，这位女同学的父亲患了重病。我和一位同学去她的宿舍看她，她正急着回家去，脸上挂着一道麻木的神情。我多么希望她能凭借着热爱文学的力量去战胜心灵的创伤。

我的心中一直怀着一份对文学的热爱。在福建师大南方文学社，我认识了当时的文学社刊物副主编伍明春，为他的文学才情所深深折服。第一次读到他写的诗，是在南方文学社新社员作品交流会上。我的一首诗，伍明春的一首诗，和后来成为文学社主编的林秀琴的一首诗，同时被编在这一期交流

刊物上。伍明春的诗作是《挽救一块玻璃》，这首诗后来被一家大型诗歌刊物转载发表。我现在仍然记得其中的一些句子：

当秋天垂首哭泣
有人在窗外
蝉一样纠缠你的名字
我决心挽救一块玻璃

我为自己第一次投的稿，就能在众多社员作品中被挑选出来而高兴。我想，那该是伍明春给我的一次鼓励，心里充满了感激。从此我和伍明春有了交往。后来，我的几篇文章能够在孙绍振教授、王光明教授主持的竞赛里获奖，也是在伍明春的热情鼓舞下取得的成绩。我因此常常想，一个人的成长，和他人的关怀是分不开的。现在，我在写下这些文字的时候，回忆与伍明春的来往，心里感到特别温暖。前几天，我看到他的一首诗在《福建日报》发表，也特别为他感到高兴。

入学一年以后，我们一群同届学生住到了长安山脚下，可以沿着宿舍后面的小径，曲折地攀上长安山的顶峰。看着一排排的相思树在风中絮语。或者是秋天，我们撂了一撂的书或复习资料，躲在长安山幽静的树丛中，在低吟的秋风里，在飒飒的叶子声中，默记我们的唐诗宋词、文学理论。长安山随着飞流的时光沉淀在我们不忘的记忆中。

毕业前一年，我终于懂得时间的流失意味着什么了，于是天天往图书馆跑。福建师大图书馆在全国同类图书馆中名列前茅，当时共有一百八十多万册藏书。坐落于文科楼对面，和学术厅仅隔一小巷。我整天在这地方打转，或是在图书馆阅览室看书，或是到学术厅听报告。记得我第一次认识著名文学评论家孙绍振老师，就是在这个学术报告厅。这个在二十世纪八十年代初以《新的美学原则在崛起》一文著称中国文坛的宿将已经老了。但思维还异常敏捷，带着他特定的幽默。第一次给我们年段开讲座，他戏称自己的秃顶是"聪明绝顶"，又称从发际线四周圈到顶上的头发是"地方包围中央"，他的学术报告常常引得台下的听众哈哈大笑。我第一次看到孙老师，似乎只看到他满脑袋深邃的思想。

在图书馆，我渐渐地从理性上比较深刻地知道了中国大地上正在发生着什么，人们的精神内核正经历着怎样的裂变，也清楚了中国当代文坛呈现着怎样的一种局面。懂得了什么是"零度写作"，什么是"后现代"。在那些日子里，我把自己弄得浑身发热。中午到图书馆外面的一家饭店匆匆吃点饭，重新回到图书馆，一直到繁星缀满天宇，图书馆关上大门，才踽踽地走回宿舍。

终于到了毕业的日子。我们匆匆忙忙又不知所措地和同学一一写着告别留言。回想94专学生毕业的那一回，毕业晚会上同学的一曲《祝你一路顺风》让我们满心伤感和忧郁。一转眼，我们也到了曲终人散的时候了。校园里洋溢着看得见的感伤。要走的前几天，已经在念研究生的伍明春送给我一本自费印刷的诗集《从下午开始》，一本蔡翔的散文集《神圣回忆》。我伏在宿舍的桌上给他写告别信："四年的时光抚面而过，绵软而令人怀想……"是的，这一段青春，我们已经走过，我们也将走过另外的许多日子，我深深地祝愿所有热爱生命的灵魂，都将拥有一份美好的回忆。

学生时代的爱情

去年假日的时候，他到了 Z 城，朋友 F 请他吃饭。饭间，F 突然问他，云是你同学吧？他不禁愕然。这个名字随着 F 的话语在久远的天空如雨般落下，打湿了他那一刻的心情。她就在附近呢，F 说。是吗？他有些惊悚。记忆像突然从盆中倾泻的水，泛滥在他脑际。待会去她那坐坐，F 说。好吧，他有些愣着。

吃完饭，他就和 F 相随着来到临街的云的家，云正在忙着，看见他来，愣了一下。似乎有些局促，有些惊讶。十几年没见，云胖了一些，但依然美丽。喝着云沏的茶，记忆恍然间就把他带回到了他们相识的中学时光。云是他的同学，是一个很美丽的女孩。但他和她的相识，却不是在他们成为同学之后。

那个时候，他从一个临海的城市来到了一所乡村中学，常常一个人踽踽独行在自己的某种思绪里。就在这样孤独的行程中，云走进了他的视线。记得第一次看见她，是在学校门口的街道上。她随着熙熙攘攘的人流偶然间就撞进了他有些寂寞的目光，他的心突然暖暖地动了一下。

他们的目光不期然在大街上匆匆相遇，仿佛就成了命定的一种场景。

以后他就经常在街上和她相遇，因为那条街道，是他们上学的必经路线。他们遇上了，却并不言语，每每彼此错肩而过。这样的相遇却让他陷入了一种相思。他不知道她是否也和他一样就记下了他的样子，但以后的每一次相遇，他们总在远远望见彼此后就错开目光，直到又一次擦肩而过。

一年以后，年段重新分班，他们成为同学，但相互之间也并不说话。他总是默默地关注她的每一个眼神，却从未问过她对他的看法。放学时，他会有意无意地和她走到一起，静静地穿过长街，并在逐渐分散的人群中默默告别。

很快就临近毕业。他有些恐惧，毕业以后就见不到她了。但他依然无法当面对她说出自己的心思，就跑到相邻的一个乡镇给她寄信，一封封地寄，字却写得非常乱。她没有给他回信。毕业前夕，同学们忙着互写毕业留言，做着各种告别的准备。她在他的毕业纪念册里画了一朵牵牛花，并在自己的纪念册中写下《红楼梦》里感叹爱情的一句诗："眼空蓄泪泪空垂，暗洒闲抛却为谁？"他不知道牵牛花是否有象征着什么，或是随意的一种应景；也不知道她写的那句咏叹林黛玉的诗的意味。他们很快就在夏天的蝉鸣声中告别了青春的那场相遇。

后来，他到了一所大学当他的又一个里程的学生，她则找了工作。他在假期回家时又一次强烈地想到她，在一个阳光铺满窗台的早晨，他在一张红格子的稿纸上写满了他在大学的生活：走在城市阴雨的天空下，他最想念的还是中学时代的同学和朋友。他回大学以后，她给他回了信，说一个男孩等了她一年，加上这个男孩的亲人四面活动造成的人情封堵，很多压力，她已经答应做这个男孩的女朋友。他在一个黄昏中坐在城市体育馆的看台上读她的信，夕阳沿着西天的山巅慢慢滑落，红色的光芒染遍了城市的天空。在他的日记本上，他含泪留下了这一天心灵的声响。

永远的长安山

前天写了一篇文章，叫做《我的校园记忆》，那是一篇应景文章，为竞赛而写的，看起来总感觉有些空洞。我最怀念的校园，还是我的大学——福建师范大学。

现在回想起来，很难忘记仓山区那些简陋的街道。刚到福建师大时，最开心的事情就是和几位同学上街。这样的活动当然是女生的爱好，但对于一个刚从穷乡僻壤出来的男学生来说，省城里即使是很普通的一个商场，都是一个美丽的地方。周末的时候，我曾经和一位同学从鼓楼区一直走到仓山区，其间穿过了鼓楼、台江、仓山，差不多横贯了整个福州市区。那时的我们一点都不感觉累。

刚去福建师大的时候，我们住在校外。离宿舍不远的仓山公园，也是我们一群外地学生的好去处。吃过晚饭，夕阳的光芒涂满了整个公园，参差的树叶间洒落下斑驳的橘红色光影。和一位或两位同学静静地漫步在公园的山间小径，谈一谈彼此的家乡，或者对未来的小小打算，也是一种让人感动的享受。公园旁边是海军礼堂和仓山影院，那个时候，在许多地方，电影已经快要被电视淹没了。仓山影院却依然人气鼎盛，每一次去看电影，都看到影院里满满的人头晃动。

关于仓山影院，我的当代文学史老师薛晨曦说过一段有趣的往事。他说，他念大学期间，和我们的另外一位老师王富明是同学。薛老师说，那时的王老师非常机灵。有一次，他们很想去看电影，翻遍了口袋，就缺几分钱。王老师就想了一个办法，把手里的钱都换成硬币，一堆的抓在手里。买票的时候，王老师把那些硬币哗啦啦地往售票窗口一放，拿起电影票就走，终于把那场电影给看了。薛老师在说这件事的时候，我们只是觉得好笑，却无法领会他们那时对于看一场电影的渴望。薛老师感慨地说，想看书看电影的时候，口袋里没钱；现在口袋里有钱了，却没时间看了。教我们文学史的时候，薛老师不仅是我们的老师，据说也是一家文化公司的经理。他说，他现在买书，都经常是一大捆一大捆地往家里搬，却没时间看了，这样的感慨，我到今天才能领会到。

一年以后，我们就住进了挂在长安山半山腰的十七号楼。我们系学生楼后面有一条小路，可以直通长安山公园。从校门口进去到中文系，有一段斜坡，斜坡中间也有一个长安山公园入口，入口处有一行书法曰：长安山公园。字很潇洒漂亮，不知道是哪位名家手笔。公园并不像公园，长安山上面只有几座凉亭，和一些婉婉转转的小石路，但绿树掩映，芳草萋萋，颇具诗情画意。这样的简单风景，在一群浪漫年华的学生眼中，却别具风情。山上的凉亭和小路，容纳了太多的纯真爱情和青春故事，也汇聚了多思年华的绮丽梦想。当时有些宿舍的单身贵族，就掩饰不住青春萌动的狂躁情绪，在一些无法入眠的晚上，他们打了手电筒，进入长安山公园去见证爱情故事。在倍感无聊的寂寞中，他们一遍遍感慨：床前明月光，人影一双双。唯我独徘徊，岂能不心伤！

那时的我却过得比较平静，或许和我的学习生活一样，在爱情方面，我是有些眼高手低的吧。我也不知道有没有人爱我。当时的我，并不是一个毫无特色的男生，在这样的年段中，我能够在系里和全校的征文比赛中获奖，但并没有因此收获爱情，也许是我太过于迟钝的原因。记得有一次生病了，几天没去上课，一位生性活泼的女同学来看我，说她宿舍有一个女孩，因为我生病，这些天都瘦了。我觉得这话的背后，应该更多的是调侃我的意味。她说的这个女孩，是我历时两年的同学，一个漂亮文静的女生，偶尔和我说说话，也偶尔会热情一些，但并没表现出对我过多的关注，也可能她是一个内敛的女孩，真的深藏了一段心思，而我并不知道。我只知道我的一位老乡，很直率的一个同学，在我生病的第一天来看我，要走的时候，对我说，她还会来看我，说我如果需要什么，她会给我买。这是让我至今感动的一句话，对于一个在异乡生病的人来说，这个女孩的关心让我记忆终身。

在大学里，流行这么一句话，叫：中文政教、吃饭睡觉。大学的几年时间，我和很多人一样，并没有真正学习到什么，所以在回忆里，关于真正的学习，好像非常稀薄。但我也在大学的最后一年，在图书馆待了一段时间，读了一些理论著作。我记忆深刻的是华东师范大学王晓明老师的一本书，叫《刺丛里的求索》，王老师的理论更多地表现为一种情感的抒发，这是吸引我

的地方。我后来自己在书店里买了他的另外一本理论著作《太阳消失之后》，他的文字里，我看到了一种忧患和焦灼，这是让我产生共鸣的。这个阶段，我也继续读了孙绍振老师的一些理论，期间还读了摩罗，我以为他是比较有才气的一个学者。

在我离开长安山，毕业后最初的那些日子里，我非常怀念我的大学生活，生命里所有的诗意和青春，似乎都定格在那一段青葱岁月了。以前没有，以后也很难寻觅。这样的时光，成为一颗太阳，永远悬挂在我生命的天空中。

有朋自远方来

那个夏日的午后，阳光热情似火，我在楼上看海明威的《老人与海》，听到窗下有人喊我的名字。走下楼来，看见一个人影立在门口，肩上挎着一个大挎包，我不禁惊惊乍乍地叫起来："剑弘……"

"睡在上铺的兄弟"跨过千山万水，从宁德来到我家中。

第二天，迷迷蒙蒙地下起小雨来。我本来打算带剑弘到一个国家级风景区去的，因为天气，改变了主意，携着朋友走上了寻找往日情怀的路——到漳浦找另外的几个大学同学。

长长的旅途中，我感到无尽的温暖。

毕业以后，很少知道母校的事了，也很少和同学联系，以至于有一日我在《福建文学》上翻到孙绍振老师的散文《不老的长安山》，掩饰不了激动的情绪，一连看了好几遍，还带到教室里去，满脸激情地念给我的学生们听——也不管这些毛头小孩到底懂不懂。对于大学的生活，我总有太多的怀想、留恋。

汽车一溜烟把我们带到了漳浦赤湖，见到了大学时候的同学毅伟。一阵寒暄过后，毅伟带我们去看海。剑弘一个人远远地走到了退潮后的海边，隐没在岩石间。我想，他一定是想一个人静静地享受一下眼前的美景——或者展望，或者珍藏些记忆。我和毅伟站在岸边，看着海涛一波一波地往极远极阔的地方荡去，心中升起一股迷迷茫茫的感觉。极美的、极宏大又极微小的人生，你是否借了海的胸怀，来给我们展示一种境界，一种启迪？

看完海，我们回到了毅伟就职的学校。学校隐藏在一片桉树林中，沐浴着海风，清净了些，显出一派度假村的风味来。我和剑弘戏笑说，什么时候学校搞聘用制，我们就卷起铺盖到这里来度假。学校是新学校，校园里还留着一些新鲜的动土的痕迹。校园门口两侧砌起两块草坪，校园内也颇具规模地种着花草树木，花园式的建筑使校园显得洁净诗意。偶尔从操场上走过的学生满脸荡漾着青春的笑容，像刚刚露出水面的花骨朵。

　　在漳浦待了一天，我和剑弘到了龙海，去见我们大学同宿舍的同学陈玉平，之后，和陈玉平一起到了漳州去找一位大学的女同学。

　　我们的这位女同学是一位率真热情的女孩。她在响着呼呼电风扇的客厅里接待了我们，哗啦啦变戏法一样抓出一堆饮料水果来。那一天我们以为运气不错，因为剑弘在一个饮料盖子上发现了一个500元的奖项，我们欣喜哗然。第二天我们带着瓶盖去兑奖，说是已经过期了。刚刚从学校毕业的我们，第一次领略了商家的策略。

　　那是一个难得相聚的下午，客厅里流动着我们年轻欢快的思绪。我们谈论着教学和花季雨季中的学生。我的脑中匆匆地映过一路旅程中所见过的依山傍水，或独处一隅的美丽的校园，感叹着岁月的变迁和教育事业的快速发展。

　　夜幕降临，我们这位女"东道主"兴致勃勃地要带我们去观赏漳州的夜晚风光。吃过晚饭，我们一路踢踢沓沓地走到街上。那是一条夜市街，沿街花花绿绿地摆满男女衣服、鞋子。有一段路上，有一条长龙似的书摊。这是夜间的书市。书摊前，人群簇拥着，我们也兴致勃勃地徘徊期间，口中叫着：好贵好贵，眼睛却贪婪地盯着那些书，久久不愿离去。想不到在许多人大叫文化走向边缘的时代，在漳州，却涌现出一条飘香的夜市书街。

　　匆匆的几天很快就过去了，剑弘回到他的老家去，一路旅程留下的美丽风景却时时映现在我们记忆的苍穹中。

等待十八年的一场聚会

秋阳高悬，时间的指针正指向 14：30，我背着一个往常一直背着的包回到了家。在临近居住的小区时，我打开微信，在"师大 107108"的微信群里发了一句话："我到家了，大家周末愉快。"

昨天上午 10：00 才从家里出发，一天的时间，又匆匆从福州回来了，心中的感觉，似乎走过了一个世纪，心里种种岁月的回声。

这一次的聚会，似乎很偶然，传贵不知从哪个途径知道了剑弘的电话，联系到了剑弘，他们一聊，就决定和宿舍的其他同学邀约，决定这个周末大家一起到福建师大聚一次。我接到剑弘的电话，有一星期了，因为事情较多，没能做什么准备，直到周五，才在网上买了周六到福州的动车票。心里也会恍惚地想，十八年前同宿舍的同学现在到底都怎样了呢？

周六上午 11：49，和玉平一起从漳州站出发，下午 14：40 左右，就到了师大门口了。玉平说毕业以后，他还是第一次回到母校。我有些惊讶，毕业已经十八年了，他一直在家乡的乡镇当老师，经年累月，就没有机会好好出去走走，甚至没有到曾经生活和学习过的母校寻找一下青春岁月的印迹。

我和玉平到时，剑弘、传贵、林暖、思雄他们已经在师大门口的"雕刻时光"咖啡馆坐了有一段时间了。走进门去，恍惚间看到岁月漂洗过的曾经熟悉的脸，突然就有很多话急着要说，大家一时激动起来，影响了咖啡馆里隔壁的一群人的学习，就有一个中年妇女过来说，让我们安静一些，他们那边正在学习。我们都是曾经的这里的大学生，现在也是各个地方的中学老师、学校领导，应该有很好的文明教养，但隔着十八年时光的河流，突然就忘记了自己的身份和地处的环境了。

隔了十八年，1997 年秋天在福建师范大学中文系宿舍楼 108 告别的一群舍友们，各自在自己的命运轨道上经营着自身的事业与人生，背景不同、际遇迥异，各自的生活也有了很多相同与不同。有的同学当了学校领导，有的同学成了教学骨干，经历着我们在十八年前无法想象的生活。十八年弹指一

挥间，曾经的青葱少年，都已经人到中年，背负着许多责任和命运的枷锁。X同学身患疾病，已经无法参加我们的聚会；C同学今年遭遇了一场家庭变故，两位亲人遭遇车祸去世，母亲又在这一年里患上了重疾。在安静的福州的早晨，他语调沉缓地向我述说着这一切，我感到深秋的天空，似乎静静地飘洒着一些落叶，沉沉地飘进了我们的心间：我们懂得了生命的脆弱和无奈，人生的铁轨发出的声响绝不仅仅是欢快和流畅。

在我们居住的旅馆，思雄问我是不是还是像以前一样多愁善感，我说，我现在不再轻言哀愁。十八年的光阴，有足够的时间跨度让我们成长，愿同学们和我一样，能够坚强地面对所有的风雨洗礼。

多年的朋友成兄弟

炜平是我初中时认识的朋友，在心底，也是一生的朋友。虽然多年未见，但是每次想起，却从不感觉陌生。

我们算来也是亲戚，是怎样的亲戚我已经记不清了。大概是他的姑姑嫁给我奶奶的娘家人，具体是什么样的一种关系，也理不清了。我们在读中学之前并不认识。我小学毕业，考到平和一中的初中部，认识了他。我初到一中，人地生疏，生活上经常要找人帮助，炜平比我早两年去的一中，比较熟悉，常常会照顾我。

我们原来一起住在学校的大礼堂，相隔并不太远，大约是走几十步，就能拐到彼此的床位。因为谈得来，我时常去找他，和他一起到校园的小道上走走，散散步。后来他住到校外的一个叫棋子山的地方。那个地方的门前有一条幽僻的小路，路边还有一条流水潺潺的小河，叫花山溪。据说是当年林语堂乘船去厦门读书的必经河流。河里有几处凸起的岩石，我们常常会爬到岩石上去，听流水声，看河边的风景，漫无目的地闲聊。黄昏的时候，也常常到河边的小路散步，夕阳的光芒淡淡地散落到地面上，把大地染成了一片红绸缎。我们一边谈天说地，一边忆古思今。我们的许多看法想法，都比较一致。按现在的话，叫三观一致。

我们谈得最多的话题是文学，自命为文学发烧友，并决定为之奋斗一生。现在想来，那只是年轻时候的心血来潮，我们并没有真正的决心和毅力去走文学的道路，条件也不具备，反而把功课给耽误了。我们原来学习成绩都不错，如果一心一意好好读书，考上大学，走通常的求学谋职道路应该是没有问题的。但是因为受了当时文学热潮的影响，也都有些浪漫情怀，觉得考上一般的大学，走就学谋职的道路，不是我们要的人生。那个时候，究竟是有些成名成家的、虚荣的。我们经常不去学校上课，待在炜平租住的房子里，读一些杂七杂八的杂志，写一点小感想、小创作。并引用三毛的话，叫"逃课"为"读书"。我们觉得，只有文学著作，才是我们真正要读的书，才是能

让我们走上我们理想之路的成功的阶梯。这样的想法和错误的选择，改变了我们的一生。

由于在校期间没有好好读书，炜平高中毕业后没能考上大学，离开平和一中，回到了老家，我也同时初中毕业，没有继续求学，也回到了老家。我们如路遥小说《人生》中的高加林，带着满心的伤痛，回到了贫瘠的家乡。

刚刚回家的那段时间，我经常跑到炜平的家里，在他家吃住。炜平和他的家人，也像家人一样对待我，没有让我感到不适和窘迫。我们面对着共同的忧伤，却依然做着遥远的文学梦。

后来，迫于家庭的压力，炜平到厦门一家模特衣架厂打工。我虽然年龄还小，身子单薄，但因为无处可去，为了能和他在一起，能聊聊天，也去了那家工厂。天涯沦落，我们有了独在异乡为异客的感觉。在那家工厂，我们保留着许多浪漫的想法，想成为打工诗人。其实我是不擅长写诗的，炜平写诗也不是长项。但可能因为年龄的关系，我们都比较喜欢诗歌。我带去一部朦胧诗选。偶尔翻翻舒婷、北岛的一些诗，觉得心中有许多力量。我至今记得他们的一些诗句，尤其记得舒婷的《也许》，"也许泪水流尽／土地更加肥沃／也许我们歌唱太阳／也被太阳歌唱着""也许由于不可抗拒的召唤／我们没有其他选择"，这首诗最后的两句特别打动我，那种普罗米修斯般的献身精神，最能唤起青春年少时的热忱。

在工厂打工，其实是无法学习和写诗的。从早上 7：00 到晚上 7：00，我们基本都在车间，中间只留下短短的一个小时吃午饭时间，晚上还经常要加班。因为早上上班早，我们一般都要在凌晨 6：00 起床，晚上就不能迟睡。这样的连轴转，根本没有时间学习与写作。加上住的是集体宿舍，人多而乱，也没有环境让你安静写诗、写文章。住了几个月，我觉得这不是我想要的生活，决定离开这家工厂，回家再做筹谋。而炜平却继续留在厦门，期间工人罢工，炜平代表工人和老板谈判，在这家工厂也待不下去了，就到了灌口的另外一家工厂。这个期间，我回到老家，大门不出，失去了和炜平的联系。

我回家后不久，就去了一所乡村学校读高中，后来考到了福建师范大学，再后来毕业当了老师，一直工作到现在。炜平也没有一直待在厦门，在灌口待了一段时间之后，也回到老家，但是没有继续读书，而是娶了老婆，成家了。在老家期间，为了能养家糊口，他一度游走于家乡的各个村庄之间，售卖茶叶。20 世纪 90 年代之后，老家有很多人到广东打工，做生意，也有不少人发了财。也许是受到这种风气的影响，炜平也携妻带儿到了广东，到那边开茶叶铺，做小买卖。这一段生活，他后来在一篇《那一道风景》的文章里写过。他说："店铺开张有些日子，生意颇为冷清，顾客少得可怜，时时光顾的只有那泥路上的灰尘"。期间，他爱人为了补贴家用，常常揽些手工活，做到深夜。这是多年以后我才知道的一些细节。但他终于熬过了那一段日子，生意逐渐好了。后来他在老家建了房子，买了车。他的儿子回到老家的一所私立学校读高中，成绩突出，高中毕业后考到福州大学，目前也已毕业，和一家大型国企签了约。他的日子终于敞亮起来。我真心为他感到高兴。

和炜平多年未见，但是只要听到他的声音，看到他的身影，仍如以前一样，没有一点违和感。多年朋友成兄弟，就是这样的情况吧。

难 忘 岁 月

突然接到消息，我将调离我初次工作的地方，前往镇中心中学任教。许多人孜孜以求的梦想突然降临在我身上，于瞬间升起在我心中的感情，不是欣喜，而是淡淡的别离的感伤。

1998年9月初，我背着从福建师范大学带回的满心梦想，来到了偏僻、校舍简陋的乡村中学——后时初级中学。最初的日子里，我心中总怀着一丝对失落的城市梦想的留恋和屈居乡村僻壤的悲凉。整个九月，我都生活在一种回忆中，执笔写下了《怀念长安生涯》等一系列追忆文章。

日子渐渐剥去了它最初的那份光彩。与我同时毕业进校的舍友江小军和从鹭江大学到我们学校支教的王清标副校长把我们学校的课余生活搞得风生水起。他们兴致颇高，完全不像我的样子。我将永远怀念那一段生活，记住温文雅致的王副校长、生气勃勃的好友江小军、可亲可敬的邻居张木城老师、同样可亲可敬的校长、老工会主席，以及我一群关系融洽的默默耕耘于一方黑土地的老师同事们。粉笔上飘落的雪，浸漫着他们的黑发和岁月。这四个简朴的字——默默耕耘——从来没有像今天这样感动着我的心。

我逐渐熟悉了教师的生活。课本上的经典文字在我的思绪中飞扬。我把学生看成一棵棵成长的树，为他们的青春，为他们活泼亮丽的生命而激动。不想匆匆相聚一年，我们的心刚刚握住温暖，告别的钟声就已经响起。同学们，在即将离开的日子里，我的心中装满了牵挂。不会忘记你们的淘气，不会忘记你们的清纯，不会忘记你们充满期待的眼睛，不会忘记你们渴望知识的心灵。同样不会忘记我对你们的苛责和斥骂，不肯容忍你们的违反纪律。但我相信，无论经过多少冲撞与跌打，你们总在充满希望地成长。这样，我就有理由永远为你们骄傲高兴。

那一天，我说我即将离去。同学们一下子惊呆了。我继续叙说我们在一起的生活，小心翼翼地端出了告别的话语。全班同学的眼睛都红了，有的同学开始抽泣。或者这一声再见说得太突兀了，同学们都措手不及，于是开始忙乱地去买礼物，我窄窄的房间里挤满了他们依依的深情。在清晨，在黄昏，岁月将为我们摄下这动人的一刻：我们懂得珍惜难得的现在，我们也将懂得珍惜美好的未来。

历史也为我们留下了另外的一幕：1999年1月的一天，王副校长即将离开我们的学校，重返鹭大。那天清晨，天空中飘满了离别的深情。在行走的步履中，王副校长始终泪光盈睫。在他刚刚告别温暖而风光旖旎的鹭岛，走进这所远离市镇、几趋荒凉的初级中学的时候，他是否想到，有朝一日，当他告别这里时，心中会装满了许多割舍不断的情思？

我不会忘记，在这个九月，我兴致勃勃地参加了学校的许多工作，第一回认认真真地当了班主任，给同学提出了许多希望。班级如果是一艘船，我希望在生活的海洋中，与我的学生们风雨同舟，在栉风沐雨中将我们的命运紧紧联系在一起。站在讲台上，我找到了作为一个教育工作者的全部感觉。记得在师大念书时，对未来的职业总是颇多怨言。现在，我已经找到一种温暖的感觉。我充满深情地回想起一位学友写的一首诗：

> ……我将带一盒粉笔回来
> 恩师的眼眸宛若十月的麦芒
> 注视我直到无法承受
> 我的十指能否如铁栅栏
> 树立在那片盛满清水的麦田
> 请让我的手势保留千年
> 我将带一盒粉笔回来

是的，我将带一盒粉笔回来，我也将带一颗火热的心回来，耕耘在温暖大地上这一片金色的麦地。

明　春

　　和明春在 QQ 上相遇，明春总会很温厚地叫一声："文忠好。"和他聊天，思绪总会把我带回到一种久违的诗情当中去，或者把我带回到学生时代那浪漫的时光。

　　那是 1994 年的秋天，我刚到福建师范大学念书，因为想做一点什么，恰巧福建师大南方文学社招收新会员，我去报了名。刚去的时候，文学社的社长是何文江，我用一首诗去报名。这个时候就看到伍明春的一首诗歌，感觉有些高远空灵。明春那时是刊物副主编，坐在一旁，并不太说话。后来文学社的刊物就出来了，我没有想到的是，我的那首诗和伍明春的一首诗，以及后来也成为南方文学社主编的林秀琴的一首诗，同时发在这本刊物上（后来他们两个都念到了文学博士，让我惭愧不已）。我有些惊讶，也有些激动。知道这一期刊物的执行主编是伍明春，那个时候，我们还没有相识，他能在那么多的社员作品当中把我的那首短诗挑出来，我有一种如遇知音的感觉。

　　后来我又写了一篇散文，什么题目已经忘了，这篇散文在伍明春的手中再次发表。一来二去，我和明春就熟悉了。其实我也回忆不起和他怎么熟悉起来的。总之，是在我去师大的第二年，因为工作的关系，我就和他有了来往。他是南方文学社的副主编，才华横溢，但并不嫌弃如我一样的普通大学新生。那个时候，何文江已经退出文学社，明春执掌了文学社，他把我带进了编辑部，成了文学社工作班子的一名成员。这让我很骄傲了一阵子。那段时间，我几次参加系里和学校的征文活动，也几次得了奖。如果说我在师大也有一些东西值得肯定的话，那就是那一段的生活，它使我多多少少感到自己还做了点什么。

　　临毕业的那一年，明春让我担任了文学社的副主编，当然因为水平有限，我并没有做什么，但感觉开始和明春并肩作战了，这是令我高兴的事。这样的经历也是我至今很骄傲的一种谈资。可惜我能效劳的非常有限，因为我很快就毕业了。我毕业以后，明春因为念师大的硕士研究生，继续留在师大，但好像文学社的职务也易手了。我大学毕业回到老家的中学教书以后，明春给我来信说，有一段时间，他一直在寻找文学社的接班人，但一直很难找到，在他念研究生的第二年，文学社被一个诗社所取代，明春在和我叙述这件事情时，说："心里颇不是滋味。"我读到他的信，也惆怅了一阵。后来明春毕业，到华侨大学教书，我们就很少谈起当年的文学社了。他在泉州生活了几年，又到北京念博士，在这一段时间里，因为各自为生活奔波，我又一度懒于和朋友联系，我们失去了彼此的音讯。

直到几年后，我突然思念起大学的时光，就往泉州挂电话，明春的电话已经是空号，就把电话打到他老家，才知道他到北京念书已经快三年了。我和他联系上了以后，明春告诉我说，他也曾经想过要和我联系，但我的电话号码也已经改变，找不到我了。时光匆匆，毕业到现在，已经二十年了，我已是一名中学的高级教师，而明春也是福建师大文学院的副教授了，并担任了文化产业系主任，这是我特别为他感到高兴的事，希望他事业有成，生活幸福美满。

回想以前的种种，有一种记忆一直深藏心间。我想，任时光流逝，青春时期美好纯净的友谊和往事是不会被遗忘的。

朝　晖

朝晖是我没有血缘关系的兄弟。每次接通电话，朝晖总会在那边喊："兄弟。"

与朝晖的认识，是在高中阶段了，那时我带着一身的忧伤，从一个打工的城市来到地处乡村的一所中学，开始了我高中的学习生涯。因为喜欢写一点东西，就在一个同学的家中认识了喜欢写诗的朝晖。朝晖的诗，在我看来写得有些才气，思路开阔，想象飞扬。

可能不少喜欢课外阅读的学生都有一个共同的特点，就是对学校的功课不太用心。朝晖似乎也是这样，但他喜欢唱歌，会跳太空舞。有一次学校开晚会，朝晖上台表演，我感觉真有遨游太空的意味。此外，朝晖还写得一手好字，也写得一手好文章。现在，朝晖已经拥有中国硬笔书法协会会员、福建省书法家协会会员、福建省作家协会会员等多个头衔了，他在博客上发表的书法和诗歌作品，得到很多人的赞赏。

朝晖高我一级，很快面临高中毕业。那时候高校录取的学生少，朝晖没能考上大学，不久就到三平的矿泉水厂去上班，后来又到厦门当了一名推销员，在厦门期间，就谈了恋爱。他的女朋友就是现在的夫人，是他的同学，一个长得很漂亮的女孩子。恋爱后，写诗的朝晖面临了一个很不诗意的问题：要买房子了。我在大学期间，朝晖给我写信，说，我的心里只有妻子和房子。我接了这样的信，心里有一些些难过。那时我还有一些象牙塔情怀，觉得有些可惜。不久朝晖改行，凭着他的才华到一家房地产公司当了办公室主任，在县城买了房子。我在暑假回家期间去看了他的新房子，有一些惊奇，不过也想，他没有念过大学，毕竟有些遗憾，我为他的未来感到担心。

过了几年，因为业务的拓展，公司搬到了漳州市区，朝晖也就到了市区上班。那时我也毕业了，到了老家的一所中学教书。有一次，我路过漳州，和他联系，他开了辆宝马车接我去吃饭，我有一些惊讶，不过仍然为他的工作担心，认为这只不过是打工。

后来我就沉迷在自己的生活中，几年时间没有和他联系，几乎有些忘了他在漳州工作。终于有一次，我又路过漳州，突然就想到他，拨了他的手机号码，接手机的是一个女声，问了才知道是他的妻子，他们一起在厦门旅游。接了电话，朝晖就埋怨我说，这么长时间怎么也不和他联系。后来，我再到漳州，就总会拨打他的手机，知道他在漳州的鑫荣小区又买了一套房子，生活过得不错。他的生活远比我想象中好得多。我此前的种种认识，实在是井底之蛙的见解，完全没有前瞻的和现代的就业眼光。

此后，我就和朝晖有了更多的来往，当然是我去找他比较多。这倒不是他架子大，是因为他比较忙，而我常常是空闲的。我到他的家中去，他经常会放一些经典名曲，我们在悠扬的乐曲声中感受艺术的魅力。我有些感慨，因为我很久没能那样静静地品味音乐所带来的感受。我们有时候还谈诗歌，谈北岛和舒婷，谈尼采和惠特曼。有一次我们网上聊天，朝晖给我发来了几篇文章。我看到了作为一个现代大型企业办公室主任之外的他。他在文章中写道：

在流水线上打工的日子里，我经常和一大群人一样，在路上边走边喝豆浆、啃馒头，但我总感到我是在从另一个角度看着他们，看生活，看生存的状态。

看了这样的文字，我有些感伤。我们的生活早已经改变，但有一些情怀，我们却无法忘记，比如心灵的冷暖、生命价值的寻求。我们生活在钢筋水泥的丛林中，我们的心却无法变得像钢筋水泥般冰冷和坚硬。

朝晖给自己的博客立了"别样生活"的标签，或者这就是我们一直寻找的生活的另一个方向。在熙熙攘攘皆为利来的时代，我们除了在生存层面努力之外，还想寻求别样的生活。这或许是一种奢侈，但这也是我们心灵在物质压迫下的一份小小的抗争。

剑　弘

剑弘是"睡在我上铺的兄弟"，我在大学里交了几个挚友，其中一个就是他了。

他家在古田，我还在福州的时候去过一次。那个时候他已经毕业了，在一所中学教书。我坐车到古田县城的时候，天已经全黑了，但是万家灯火通明。我在大街上给他挂电话，他骑着一辆白色的女式摩托车出来，很远就阳光灿烂地笑。那天晚上，我们坐在他家的阳台上，谈了很多现实的人生。我记得在他工作的中学前面，一条湖上有许多白鹭，人一到那边，就扑哧哧地飞，这是我第一次看到白鹭翱翔。在静静的湖面，看到这样一群白色的精灵，总感觉是在哪部电影或小说里看到的场面。多年以后，我仍然可以清晰地记起那样的情景，这是我所记得的快乐人生。

1998年，我回到老家，那年暑假，我还没参加工作，剑弘到我家来看我。我后来才知道那个时候他和女朋友分手了，但在我面前，他没有表现出失恋的忧伤。我们又谈了很多人生，他也未提自己的失恋。他的到来我们都非常高兴。我带他走了漳浦和漳州。在漳州，我们在长途汽车站分手，他上了车之后，我感觉到一种惆怅。后来我把我们的这次经历写成了一篇散文，叫《有朋自远方来》，这篇文章发表在一家报纸上的，剑弘知道了后，说要看看，我一直很懒，没有寄给他。直到前不久，我才在电脑上输入这篇文章，发到网上，剑弘看了后说好像又回到那个年月一样。

毕业几年之后，剑弘又一次恋爱了，这一次他顺理成章地结了婚，我却一直没有见过他爱人。他爱人也是一名中学老师，教体育的，刚知道时我很吃了一惊，但后来看到了她的照片，才知道她并没有五大三粗，也是一副斯斯文文的样子，很漂亮的。我不禁笑了，骂自己是一个很有成见的人。他们结婚之后，剑弘在网上和我聊天，他爱人也在一旁，那个时候我已经有了视频工具，剑弘就叫我开了视频，可惜他那边是没有视频的，我没有看到他爱人生动的模样，不过后来我也有机会在QQ上和她交谈了一些，知道她是很不错的一个教师。

毕业多年了，剑弘偶尔也还会和我挂挂电话、在网上聊聊天，也会关心关心我的生活。可惜在感情方面，我一直不太争气，这是让他比较牵挂的。他有时候也会催促我、鼓励我，我却一直偏执不改。"性格决定命运"，现在我是终于信了。在许多时候，我的这种偏执，让我觉得对不起关心我的朋友和亲人。

再后来，我终于结婚成家了。在我成家后的第二年，剑弘带着他的一家人来到漳州，在我家住了一天，我因为忙，没能好好陪他。他第二天就到漳州的另一个同学家里去了，之后去了东山。我到现在都有些后悔，他大老远来到我家，我应该请假陪陪他才对。

2015年夏天，由剑弘提议，我们大学同宿舍的同学，相约回到福建师范大学中文系17号楼，重温我们年轻的记忆。当时的中文系已经改名文学院，楼舍依旧，人事已非，我们一行人踩着橘红色的夕阳光芒，走在长安山诗情依然的羊肠小道上，感觉岁月并不曾走远，有一种亲密依然在我们心间。

喜　庆

那一天，干冷的冬天下起雨来，我正匆匆赶往门房刷卡，走到二号楼前，突然看见喜庆正和一个同事在聊天。我赶紧往前赶，快快地走到他们身边。自从喜庆毕业之后，和他的相会就很少了，记得似乎是毕业后第二年，我到过他在角美的家。住了一晚上，以后就没再见过他了。

和他的相遇，让我的思绪飘回到许多年前的福州。那个时候，我刚从高中毕业，到福建师范大学念书。在最初的日子里，我虽然没有像宿舍里的几个同学那样因为想家而哭泣，但也深感寂寞，常常走到街上就想起遥远的家。为了排除寂寞，我经常往喜庆的学校跑，和他聊一聊家乡的话题。他的学校是福建建筑专科学校，在师大隔壁，从师大出发，穿过一条长长的小巷就到了。喜庆比我早两年去福州，我去的那年，他已经要毕业了。记得那时他很照顾我这个新同乡，每一次去他那儿，他都要带我到宿舍楼下的小茶馆，叫上几份干果，和我慢慢地喝茶聊天。他也是一个文学发烧友，我们当时常常谈到写稿。他说，要真有进步，必须每天写些东西，他也真做到了。我和他认识时，他已经在刊物上发表过文章了。我对他是佩服的，他念的是理科，但仍然能和我谈文学，而且知道的东西不少。和他的交往，让我能够向文学不断靠拢。

刚去师大的时候，我喜欢往外面跑，看一看省城各个角落的风景。为了能让我外出方便，他送了我一辆半新的自行车，那个时候，就是在老家，这样的车都是不容易得到的，我平生第一次拥有了自己的第一部"小车"。他自己又买了一部半新的。记得有一次，我们在福州的老乡开同乡会，我和他早早地从仓山区骑着自行车穿街走巷，前往福州大学。那是我第一次有那么多的时间看福州沿街的风景，花红柳绿，留下了很多美好的记忆。到了福州大学，因为我是第一次参加同乡会，对很多在其他学校念书的老乡还不熟悉，又不会喝酒，会餐的时候未免有些尴尬。喜庆替我挡了好几次酒，为我解脱困境。我总觉得，早来福州的他就像一个温厚的兄长，给刚刚到达陌生省城的我留下许多暖暖的记忆。

喜庆毕业以后，被分配到本县的建设局，但因为无所事事，没过多久，他就跑到角美的一家建筑公司，自己搞建筑设计。他的事业蓬勃发展，短短几年，他做出了很多成绩。现在，他已经购置了几处房产，几人合股承包了漳州的一家建筑公司，买了小车，成为现代社会的一个成功人士。虽然，按照他老婆的说法，他忙得都没时间和同学朋友聚会了，但是这样的忙碌是有价值的。作为他的老朋友，在怀念他对我的关爱的同时，我衷心祝愿他越走越好。

韶　龙

有一次在网上逡巡，韶龙突然发来信息，问我："人物系列有没有写我呀？"

我漫应曰："以后吧。"

他马上追踪，说："等我去世之后吗？"

我哈哈大笑。

今天突然想到这段对话，我打开日志，心想，真的可以写写他的，决不等到百年之后。

韶龙是我在家乡中学教书时要好的同事之一，他和我同年毕业，是集美大学三年制大专毕业生。他有些帅气，有些个性，也有些书生意气。这可能是我和他能够谈得来的原因。离开大学，在乡下教书的日子里，虽然我知道应该入乡随俗，不在众人面前多谈文化之类的话题，但我毕竟不能一夜之间脱胎换骨，马上满嘴乡言俚语。一个人的时候，我依然要看一看文学理论，偶尔也想谈一谈柴米油盐之外的东西。韶龙让我感觉到有些书卷气味，比较投合我的怪脾气。他是一个网虫，也看了不少书，知道的东西大约不止一箩筐，而且记性不错。有些比较生僻的典故，时间长了，我就忘了，或者记忆模糊，但他往往会记得。这样的本事让我有些佩服。记得前年，我们一起去参加大学本科语文知识考试，他和我一样没有碰过书本，但考试结果出来，他的成绩比我这个号称爱好文学的人还多几分。我知道他的很多学问都来自坚持不懈的努力。他是一个典型的夜猫子，晚上不耗到凌晨1点以后，基本是不睡觉的。我不知道他经常待在网上忙什么，却知道他电脑操作的功夫日渐一日地深了。我在刚刚买电脑的时候，一碰到问题，就向他免费咨询。而每一次他都能够热情解答，甚至亲自操刀，为朋友们排忧解难，这种助人为乐的品德也是他的一大特点。

韶龙不仅电脑功夫了得，堪称师傅；在我们所在的中学，他的排球技术鲜有敌手。每次学校的排球比赛，都能看到他的飒爽英姿、骄人成绩。这样的一位英雄好汉，却为烟茶所困，须臾难离。无论坐在电脑前或是茶桌前，总是烟熏火燎，有时候夜深人静，突然发现精神粮食短缺，他也是要深夜离家，满世界寻找，痴情情状，令人感动不已。和他同事的时候，想喝茶了，不必自己翻箱倒柜，寻找茶叶，只要看他大门敞开，你大可以快步闯入。香茗阵阵，总会在他的茶桌上守候你的光临。

韶龙 QQ 上的个性签名，往往令人喷饭，比如上一次的签名是"站得高，尿得远！"后来可能以为不雅，换了一个，却是"有翅膀的不一定是天使，也可能是鸟人。"我是希望他有翅膀的，希望他成为"天使"，也成为"鸟人"。

远走的背影

毕业。

领完"三证"（毕业证、报到证、粮油证），六月的阳光已在渐渐变热。只在浓荫匝地的路旁，依然保持着一些清凉。

有同学提着行李，慢慢走过 17 号楼前面的人行道。我拉过一辆自行车，跟上去。我说过了要送同学们走。

校门口公共汽车、亮着空车标识的 TAXI 过来了。我挥了挥手。几个女同学，车上车下拉着胳膊，说声再见，声音却小了。脸上肌肉搐动了一下，眼眶红了。

又有几个女同学过来。要走了，互相抱着，头在彼此的肩上伏了一会，抬起来，已是泪流满面。我鼻头一酸，有泪渗进眼角。

同学们，再见了，一路平安。

我转过身去，慢慢地往回走，六月的阳光下，校园两旁的树叶耷拉着脑袋，似乎也在掩饰着离别的伤感。

我的一位老乡也要走了。这是一个清爽漂亮的女孩，有着垂肩的长发和窈窕的身姿。更重要的，她有一颗纯真的心。在她面前，我可以收起所有面对世俗的伪饰，和她坦诚相对。

记得初相识时，她直愣愣抛过来一句话："太瘦。"我的心里顿时感到一片甘甜。这样率真的女孩子，在大学校园里已经不多了。

大二时，我突然得了急性甲肝，必须休学。我将告别我的学习生活、同学和校园温馨的一切。整个世界在我的面前急遽陷落。

我住在校医院里。第二天，她便急急地跑来，说她刚刚知道消息，带着满脸关切的神情。我很感动。这是在传染病房呵！

她又急急地问我是否有人看护，说如果要什么东西，她去给我买。

这是我永不能忘记的一句话、一段友情，在我患传染病时，她把我当成一个亲人！

我客套而虚伪地拒绝了她的热情，说我弟弟已经从家乡赶来，一切有他照顾。

我似乎谦谦有礼，但我知道，我是虚伪的，在这样的病房中，其实我很希望得到他人的关心。

之后我默默地住院，出院。在我住院期间，她又来过两次医院，一次为送东西，一次为送行。在我生病期间，恰巧我的表妹来福州，我把远从家乡来校的表妹托付给她照顾。我表妹后来说，她——我的老乡同学——很好地照顾着她。我听了很感动，但我没有对她说声谢谢。出院时，我默默地走了。

我的心里，却活动着一位纯情、率真、完全带着自己的本色进入生活的女孩。

现在她毕业了。

在她毕业考的最后一天，我对她说，要送她几本书，作为纪念。她满脸真诚地说，不必了！但我还是买了书。一本余秋雨的《文化苦旅》，一本玛格丽特的《飘》。我在书的扉页上写道："不衰的美丽永远是心灵。"

她执意不收，似乎已经失去了往日的爽快。这是我发现到并让我感到忧虑的事情。当我从家乡养好病回到学校，我第一个发现到的事情就是她不像以前那样开心快乐，似乎带着些淡淡的忧愁。我不懂得在她的学习生活中发生了什么。我仅知道的是，她在宿舍丢了上千元的"巨款"。当我问起此事时，她只是淡淡地回答："有什么办法呢。"

我无法相信也不愿相信，象牙塔中的校园生活，会有这样的事情发生。但是事实已经发生。二十世纪九十年代后期，大学校园里的空气已经不再洁净纯粹。

在我们的生活中，有些东西正悄悄地坍塌着。

她要走了，这是一个播撒着淡淡阳光的清晨。我在学校门口追上她。她笑着，目光荡漾着些许欢欣，但并不纯粹和透明。

我说我送送你，她说不必了。我站住了。

一缕背影云烟一样远去。

我怔怔地站着，想起刚认识时她那快乐的神情，心中忍不住一阵难过，心里似乎有一枚柔软深红的落日，正沿着灵魂深处的山坡慢慢滑翔……

母亲的格局

母亲年纪大了，似乎一下子回到了童年，变得有些任性，有些固执，也常常表现出一种让我们做儿女的感到不太光荣的小农境界。我在一篇文章里看到一句话，说父母的格局决定了孩子的未来。我的父母是怎样的一种格局呢？我不知道我父亲是怎样的一种格局，因为他早在我一周岁的时候就离开我们，去了遥远的天堂。据说父亲是个诚实到甚至有些迂腐的人。我不知道诚实算不算一种好的格局，但我相信，这种品质能让人走得更远、更安稳。

在我的记忆里，母亲并不像现在的样子——喜欢闹小脾气。她明理大气，勇于担当，能够吃苦，常常教我们做人要诚实，不能贪心。在母亲和邻居阿婆对乡村人事的评价中，以及母亲平常的待人接物里，我懂得了做人的准则，简而言之，就是要做个好人。我们偶尔在外面做错了事，回来母亲是要责骂的。小的时候，常因为贪玩，在山上放牛，会因为沉迷于和小伙伴们玩游戏，而忘记了自己承担的任务。我家那头可爱的母牛大人就常常优哉游哉地到田里去吃庄稼。等到我和小伙伴发现的时候，田里的庄稼往往已经是损失过半，惨不忍睹。我忐忑地回家，往往不敢告诉家里。被牛吃了庄稼的人家，总会在发现偷吃事件后明察暗访，最后找到家里来，几无幸免。母亲知道了我闯祸后，首先是会向被吃了庄稼的人家赔不是，带了家里仅有的一点粮食去赔偿他们的损失。赔偿之后，我是难免要受到惩罚的。对于这样的惩罚，我觉得是应当的，从来没有觉得委屈，也从不反抗。因为母亲教育我们，做错了事就要承认，不能逃避。

我是在这样的一个单亲家庭里长大的乡村孩子，从小懂得做人要诚实，要有爱心。虽然家里常常穷得揭不开锅，母亲常常为了我们七个孩子填饱肚子，四处奔波，借小麦，借大米，借地瓜，有一次因为去亲戚家借了点地瓜，回来的路上差点被工作组抓去劳教，说是因为没在队里干活。虽然穷到要当裤子的分上，但是遇到有乞丐上门来，母亲都会拿自己舍不得吃的东西给他们。我觉得，这就是最好的教育。

　　家里穷，我们兄弟姐妹的学费，虽然每人只要两三块钱，但是开学的时候，母亲常常都要跟我们一起到学校去，恳求老师缓收我们的学费。因为我们兄弟的学习成绩都很好，老师也舍不得让我们辍学回家，就答应了。我们的学费往往欠到学期结束了还不能给，母亲在路上，常常就会碰到老师或校长，向她要学费。但即使如此，母亲从来都没说过让我们退学。母亲小的时候被卖去地主家当童工，大字不识一个，只是在新中国成立后上夜校认了点字，却懂得读书的重要性。

　　诚实守信，有爱心，能吃苦，尊重知识，我想，这就是我所说的母亲的格局吧。

　　感谢母亲！

面 对 老 去

前一段日子，母亲突然喊腰疼，起床翻身的时候疼得特别厉害。半夜里起来，就不愿意回去睡觉了，待在沙发上，坐到天亮。这样折腾了几个夜晚，我们做子女的非常担心，把她带到市中医院住院检查，结果出来，是病理性骨折，腰骨上有几处折痕。没有摔倒，没有碰撞，居然会骨折，这是孤陋寡闻的我第一次知道的。但是终于明白了，是因为老年问题，严重的骨质疏松造成的。人老了，骨头疏松到不碰不撞就能折断，这着实让我惊讶。后来我也听几位朋友同事说，他们年迈的父母或亲戚也有类似的问题。我才意识到衰老是自然规律，万事万物都无法逃离这样的法则。

我之前也写过我这台老去的电脑，现在它依然常常让我崩溃，有时候打开电脑，点击网页的时候，需要等几分钟，甚至更长的时间。打开网页，要输入文字，打完一个字符，有时候也要等上一分钟，才能看到屏幕显示。急性子的我情绪濒临崩溃。现在我终于理解，我的电脑和我母亲一样，它已经老了。

母亲有到漳州时，我带她到家里来，车子只能到小区门口。从小区门口进来，走二三十米的路，母亲要走很长时间。走这样的一段路，我常常会有时间停滞了的感觉。我的年轻的曾经风风火火的母亲已经老了，走不动路了。母亲的听力、视力也急剧衰退。母亲在老家时，我已经不太愿意跟她打电话，因为无论我这边怎样喊叫，她基本是听不清楚的，答非所问。我就常常打邻居、亲戚的电话，了解母亲的状况，拜托他们帮忙告诉关于我母亲的一些情况。母亲走路时，我也不放心让她自己走，必须得拉着她的手，她看东西模模糊糊，当然，也步履蹒跚。不扶着她，我总担心她会突然摔倒。

母亲在城里住不习惯，大多的时间还是待在老家。身体好的时候，她自己做饭、洗衣。前几年，我们担心她洗衣困难，买了一台洗衣机给她，她终于告别了手洗衣服的历史。但是因为眼睛看不清楚，记性又不好，洗衣机怎么打开，怎么使用，我们交代了又交代，又常常当场教她操作，她才勉强学会了用洗衣机洗衣服。住在我家里的时候，母亲会常常忘记关灯，忘记冲马桶；吃饭的时候，也常常会有饭粒掉到桌上或地上；很多硬一点的菜是咬不动的，她的牙都是假牙。她吃饭的时候，要仔细地给她挑菜叶吃，炒菜也要考虑哪些是她能吃的，哪些是对老人比较合适、有营养的。她在老家的时候，菜常常炖着吃，因为这样，母亲有几年的时间便秘严重，常跟我们诉说。我们带她看了医生，药一直吃着。后来医生开的药也不灵了，我就给她买了随便果，直到现在，一直吃着，几天没吃，就又不行了。

水木年华有首歌唱道："多少人曾爱慕你年轻的容颜，可是谁能承受岁月无情的变迁"，每一个人，每一件事物，总会有老去的时候，当岁月翻转，年轻不再，我们容颜苍老，行动迟缓，那个时候，我们要明白，所有的人，所有的事，都要面临这样老去的时刻。你必须独自面对孤独的自己，面对镜子里的暮色苍茫，那个时候，我们要懂得，这是自然的法则。

母亲来漳州看病

昨天傍晚，老妈从老家来漳州看医生。年迈的母亲，身体渐渐有了很多问题。脚酸、眼花、便秘。从去年年底开始，母亲便开始便秘。找当地的医生看了，吃了药；二哥看电视广告，买了广告里介绍的药，但母亲的情况依然时好时坏，没有完全好转。我们兄弟嘱咐她说，要多吃地瓜、香蕉、蜂蜜，她就天天吃地瓜粥，也依然没有好转。我们清明节回家，就说再过几天，如果还没好转，就带她到漳州来看医生，或者检查检查。昨天，小弟回家办事，顺便就带母亲来漳州了。傍晚时候，大概六点多吧，到我楼下。我去接她，她年纪大了，有些糊涂，忘了带拐杖，我拉着她的手，她走路依然有些困难，步履缓慢、蹒跚。

因为很久没有见面，到了我家，坐定了，她就开始拉家常，唠唠叨叨地说。我因为要煮饭，没有好好地听，但她依然一个人在絮叨，大概她觉得我能够听到吧。晚上三哥来，母亲也是不停地说家乡的一些事。家长里短，我原来是不爱听的，现在听来，却也觉得亲切。这或许是因为久未听母亲说话的缘故吧。年岁渐长，你就会改变很多性情。年轻的时候，我是不太在意母亲的生活的，总觉得她能过得好，我们不用瞎操心。加上求学、上班，比较忙碌，有时候会忘了在老家的土屋里住着我的母亲。我们兄弟长大以后，就都离开了她，到外地谋生。母亲生了养了我们，然后等到我们长大，就让我们远走，自己依然孤独地生活。甚至生病，头痛脑热，都一个人打理。她偶尔会说，有时候生病了，深夜起来，找不到水喝。听到这里，我心里突然就会一阵酸痛。我不知道人类社会的生存图景，为什么是这样的一个轨迹。有时候也无关孝与不孝，很多时候，因为种种原因，我们都无法将老人带在身边。

今天上午，我和三哥把母亲带到中医院，找医生看病。医生听了我们的描述，说，很多老人都这样的。母亲做了简单的检查，医生就给母亲开了一些药，嘱咐说要长期吃药，要多吃菜、地瓜，多喝水等等。这和我们知道的是一样的。我突然想到了老，想到不管是谁，身体都会逐渐退化。这是一个哲学问题，是宇宙之谜，是人类一直都无法解开的一道题目。或者我们只能顺从这样的一种宿命。

愿母亲一切安好！

母亲昨天回老家

　　昨天中午，我们兄弟送母亲回平和了。不知道为什么要送她走，可还是送她回去了。她有时说要回去，有时候又说过些天还要回漳州看医生。可能她是觉得不应该在孩子家住得太久，但又是希望和孩子们住在一块吧。

　　我在此前说过，由于种种原因，我们有时候无法将母亲带在身边，她也不愿意长期待在一个陌生的地方。以前我是不太在乎母亲的来或走的，这一次却感到心酸，责备自己的无能。母亲住在我家，我有时候会大声地说她，因为她常常忘事。忘了冲厕所，忘了关灯，忘了我刚刚说过的话。她严重耳背，跟她说话，有时候要说三四遍，她还是听不清，我必须要大声喊出来。她会把水倒在平台上，会把所有的灯都打开而不知道要关上。我说她，她有些懵懂。她要走了，我扶她出去，突然感到无名的酸痛。或许我和她在一起的时间不会太多了。她是我的母亲，褶皱多得像老树皮一样的面孔，眼光苍老而呆滞。走在路上，我们必须得扶着她，才能放心。

　　昨天到山格二姐处，母亲说要在二姐家待几天。晚上我给二姐打电话，二姐说母亲能自己吃饭，但一大堆的药，吃的却有些糊涂了——心脏、肾脏、肠胃、高血压，种种的不好。母亲在我家时会说，她这一生就跟药打交道了，不停生病，不停吃药。她回去之前，我带她去看医生，开了很多药，嘱咐她怎么吃，用很大的字写在药盒上，但有些她还是看不清。她说她今年的视力严重衰退了。

　　这次送她回平和，按我们的计划，是让她先在二姐家住几天，然后再到县城二哥的家里住一段，再看要不要送她回老家。如果她愿意，在二哥家住一段以后，可以再带她来漳州。

　　母亲住在漳州我或三哥家里的时候，有时会急着要回去。这次来漳州，就在住到我家后的第三天，晚上睡觉的时候，她的身体突然感到不适，脚抽筋，肚子不舒服。第二天起床的时候，她就跟我说要回老家去。我跟她说，不舒服了才要住在漳州，看病方便。但她还是念叨：不舒服了要回老家。我知道她为什么这么想，因为她曾经跟我说过，她年纪大了，说不定什么时候都可能离开我们，她不想她离开这个世界的时候不在老家，不想给在外地的我们添麻烦。想到这里，我突然觉得特别的心酸。然而我无法打断她的念头，坚持了几天之后，只好和三哥商量，送她回平和了。

　　母亲老了，我们却无能为力。

陪母亲散步

长大以后，我们兄弟姐妹各奔东西，把母亲一个人留在老家。虽然周末的时候，我们也偶尔匆匆忙忙地回家一趟，和母亲见上一面。但一回去，常常有朋友往来，在家里往往一口饭也没能吃上，我们就又得返回工作单位。走的时候，母亲经常默默地跟我们走一段路，我们劝她回去，她总是说，好的，好的。一直要到我们走了很远，拐了弯，看不见了，她才一个人默默回家。

有一段时间，三哥让母亲到他城里的家去住，但母亲住不惯，不到一个月，就坚持要回老家。母亲往往这样，外出的时间一长，就想回家。

于是我们就惦记着过年，只有过年的时候，我们兄弟姐妹才可以凑到一起，和母亲说说话。新年里，哥哥姐姐的孩子挤成了一堆，家里热闹起来，母亲很高兴，一个一个地给他们压岁钱，祝福他们快快长大，好好读书；又唠叨着要她的儿女们好好教育孩子，恨不得她的儿孙们个个都是出类拔萃的人才。

前些年，二哥在县城里安了新家，按照地方的风俗，这一年要在新家里过年。为了能够团聚，二哥把母亲接到了县城，我们兄弟姐妹也到二哥的家里聚会，我们很高兴，想让母亲过过小城里的新年，见见世面。

初一那天，吃完早饭，让母亲穿上新衣服，我们兄弟就陪母亲上街了。母亲念叨着说父亲在的时候，她也来过县城，但已经不一样了。我们沿着城中的小河，穿过长长的堤坝，观赏小河沿岸的风光。已经七十多岁的母亲身子单薄，但精神不错，走得很稳健，一点都不累。新年的阳光淡淡地播撒在小城的大街小巷，空气里洋溢着各种祝福的气息。我慢慢地踱着步，听着母亲的絮叨，有一种安然和幸福浸透了我的心底。

这一天上午，我们陪着母亲走了一个多小时，几乎逛遍了县城的所有大街和漂亮的商店。但母亲不买什么，说要有的都有了，我们知道，她是怕我们花钱。我们只是走在母亲的身边，向她介绍城里的一些新鲜事物。在平常的日子里，因为工作匆忙，我们没有更多的时间陪伴母亲，过年，就成了一次奢侈的亲情宴会。我们用这样的一次机会，来安慰母亲。在三百六十多天的日子里，只有春节到来的时候，我们一家人，才可以团聚在一起，共享天伦之乐。

在当今社会，许多人的日子都在紧张中度过。和母亲散步，这么简单的事情，在不少人的生活中，都成为很难实现的一种奢望。而过年的到来，则为平时被工作割裂、冲淡的亲情提供了一次补偿的机会，在我们生命的记忆里，留下一些温暖。

怀念遥远的父亲

其实对我来说，父亲无可怀念，因为我并不认识父亲。我出生只有一岁，父亲就去了很遥远的天国。在我的记忆里，没有半点父亲的影子。我只是在每年清明节的时候，去看父亲坟墓上青青的野草。每年父亲坟前的野草都疯狂生长，让我们有些无可奈何。割完野草，我站在父亲的坟前，眼望四方，有时候也会想想遥远的天国，想想父亲。心里不禁问：您为什么那么早早地走了呢？甚至等不及我长大！我曾经是一个学习很好的学生，但我是一个没有父亲的孩子！我的有些道路，不免比其他人走得更加坎坷。我逃学，辍学，走过许多曲折，心里埋藏了许多痛苦。父亲，这样的结果是您愿意看到的吗？

今天是父亲节，很多人都在给父亲送去祝福和温暖。而我只能坐在电脑前，敲击一些文字，来感谢父亲给我这样的一次生命。对于父亲的感激，或许只能如此而已。而想起父亲，无论怎样，都会有一种亲切，无论他离我们有多遥远。我看过父亲的照片，年轻的时候，应该是一个英俊的男人，据我所知，他也是一个过分执着于生活道德的男人。他可以反身走很多路，仅仅因为忘了给饮食店的一毛饭钱，并且深深自责。这样的男人，也是一个能吃苦耐劳，并且有着坚强意志的人。他十五岁就到五十公里远的地方当挑夫来赡养自己的母亲，后来又靠自己的勤奋和努力成了一名国家干部。按照常理，这样的男人，肯定也是一个有些古板、不太灵活的男人。倘若他活到现在，必然是一个不合时宜的人。过分执着于古老的道德训诫，对于个体生命来说，有时候是一种伤害。部分适合于王权的古老的道德规诫，有愚民的目的，但我读书不多的父亲，是不会做这样的反思的。父亲在一个公社当干部的时候，他的妹夫——也就是我的姑丈，是这个县的组织部部长，但父亲并没有因为这种关系得到升迁。这种结果，按照今天的某些官场潜规则来说，是有些不正常的。

父亲后来是生病去世的。原来偶染小疾，一直没有在意，没去治疗，终于酿成了大病。他去世时，我们姐弟中最大的大姐才十多岁。我想，父亲离开时一定是不放心的。因为他留下了六个没有生活能力的孩子和一个人到中年的妻子。去世时才四十挂零，正是他年富力壮的时候。

父亲的早早离去，给所有的亲人都留下了生命的暗伤。我们兄弟长大以后，常常回忆我们的童年和少年，回忆因父亲过早离世而艰辛的生活。生命的长短，是我们无法把握的一种造化，而生活道路的选择和亲情的眷顾，却是我们可以自己完成的一道题目。无论生活交给我们多少坎坷曲折，我们兄弟姐妹都一路风雨相随、携手共度。是的，这样的题目，我们会好好完成。

小　弟

　　中午休息时，手机突然响了，接过来一听，是一个暗哑的声音，弟弟从国外打来的长途。我问他在哪里，他说在办公室。我不知道是不是在办公室不能大声讲话，还是他就已经疲惫如此。

　　小弟是来电告诉我，说这几天他可能有一些美元会汇过来，要三哥去兑换成人民币。因为三哥的手机关机，所以转道打给我了。我匆匆问了他那边的生活，人地生疏，言语不通，生活是不是很孤闷？他说有十几个台湾地区的，可以聊天，还不至于太孤独。他又说，平时基本都在公司，是不出去的，所以也基本不花钱，就寄回来了。我很难想象远在一个语言相异的国度该怎样生活。记得弟弟刚告诉我说要去国外时，我还有些犹豫。当时我记挂的是远去国外，音讯就基本断了，心里到底有些不舍。后来又想，好男儿志在四方，怎可如此儿女情长？就鼓励他走出去闯一闯。人活着其实就是一个不断突围的过程。为了生活，我们有时候只能放弃许多。就像张承志所说的那样，为了一个叫作法蒂玛的宗教，他甚至可以牺牲自己的理想和尊严。我想，弟弟也有一个自己的宗教，那就是他的家庭，他的女儿，他必须为此而不断突围。活在这样的人世间，我们首先必须在生活上能够打赢一场战争，然后才能言谈其他。我理解了远赴异国的弟弟的情怀了。

　　弟弟小我几岁，人生经历却比我丰富。初中毕业时，他的成绩非常优秀，但是因为当时我们家境困难，不能让他念高中，他小小年纪，一个人到了福清去念中专。后来我考上大学，第一次去福州，几位哥哥都要上班，无法陪我去学校，就弟弟和我一起带了许多行李，相伴到了福州，为了省些钱，也不敢在福州多玩，当天晚上弟弟就一个人悄然走上归途。我在一篇文章中第一次写到弟弟，我说："与弟弟道别，看着陌生的水泥路面，想着遥遥千里外的家乡，担忧着弟弟回去的漫长路程，我的心中一片酸楚。"他走了以后，我第一次为他的旅程而担忧。

　　弟弟毕业后，按照当时的政策，被分配到本地的一家工厂，但他没有留在那里上班，而是到了长泰的一家三资企业。因为勤勉踏实，几年以后，他从一个普通员工升到了生产主管，后来又升到代理厂长的职位。按照许多人的想法，他应该这样一直在这个厂里待下去的。董事长对他也不错。但是这个工厂多年以来一直处于经营不善的状态，弟弟当了代理厂长之后，拟了一份改革方案，在董事长那边却一直无法通过。这个时候，刚好一个客户邀请弟弟到厦门的一家出口公司。弟弟为此颇踌躇了一段时间。当时正好放假，我到他那里去，弟弟就和我商量。因为考虑到在这个工厂已经没有更大的发展空间，权衡之后，我也支持弟弟到厦门，但这样的计划又在董事长那里搁浅了。无论如何，董事长都不让弟弟辞职。弟弟苦于董事长平时对他不错，不好意思不告而别。但又没有其他的法子，拖了一阵。后来我又一次到了长泰，帮他润色了一封情词恳切的辞职信，他终于可以解套了，弟弟就离开长泰到了厦门。

到了厦门一年，弟弟却又突然去了泉州。我有些诧异，我总以为厦门是一个可以发展和居住的好地方。后来问了详情，才知道厦门的这家出口公司，因为刚开业，生意一直比较冷清。弟弟后来说，在很多时候，他都觉得有些无处着力的感觉。到了泉州之后，他开始在全国各地跑业务。过的是一种流浪的生活，这个时候，他的女儿已经可以满地跑了。他因为长年在外，很少能够尽到做父亲的责任，所以对女儿，有一份特别的宠爱。他偶尔回老家一趟，总是带着女儿，也总是把女儿抱在手上。有时候小孩子调皮了，他也让着她调皮。我想，他是在尽可能地弥补一份父爱。在这样一份缺憾的爱面前，他突然决定远走异国，我想，在他的心里，是有过一些挣扎的。他最后决定离开女儿，离开妻子、父母兄弟，是因为他背负了一种责任，一种当父亲的责任，一种当男人的责任。

在遥远的异地，在这个秋天的夜晚，我无法知道小弟具体的生活，只有用默默的祝福，祈祷他在外平安，万事吉祥！

感 受 苍 凉

当我敲下这样的文字时，我的心绪有一种久违的沧桑。生命是一个难以设计的题目，你无法知道在哪个阶段会遭遇什么样的风景。早上11点多，去175医院，看到弟弟已经解开包扎的手指。我看到的，是一种生命的苍凉。我无法描述自己当时的心情，只是在心里说，本来好好的一个人，怎么突然就在生命的刻度里，留下一道伤痕呢？

弟弟是坚强豁达的，他似乎并不抱怨，依然乐观。一段残缺的手指，我不知道这是否是一种残缺的人生。无论如何，对我来说，我觉得如果没有后续修补，这样的人生已经不再完整。当然，我甚至不愿意弟弟看到我的这段文字。我希望在他的心里，他依然是完整的。当然，如果我们乐观，这种创伤也可以忽略不计，毕竟人生的内容、意义，有更多的指向。但，当我们发现，我们仅仅是为了生存，而付出这样的代价时，心中总会有别样的感受。

弟弟在读书的时候，成绩是很优异的。在他所在的中学年段里，他一直名列前茅。初中毕业的时候，因为家庭经济原因，不能让他读高中，他以很高的中考成绩去了一所中专学校。在那个时候，中专学校往往能收到好学生。现在看来，我们难免会为那个时候的优秀生唏嘘。但，这是历史，个人难以改变的历史。那个时候的很多中专生，如果不是去了中专，可能会成为精英人士。弟弟的一个同学，成绩和他差不多，念了高中，读了大学，后来去了美国留学。如果回来，应该成为社会的精英人士。但走中专这条路的人，很多人已经走向底层，有的去了农村当小学老师，经不住岁月的打磨，已经有了深深的农村痕迹，没有了理想和激情，很多时候，活着，就只为了生活了。

弟弟毕业以后，去了私人企业，很快当了部门领导，后来又去了国外，毕竟惦念家人，不久又回来了。回来后就在几个地方转辗流徙，从部门领导到厂长经理，虽然收入相对于本地经济情况来说也还算可以，但因为买房子，弟媳妇又因为带孩子不能参加工作，弟弟的压力也是很大的。在我们几个兄弟当中，他是最劳累的一个。最劳累的一个，如今却遭遇了这样的生活，我有时候觉得上苍是不公的。就如一个朋友在留言里所说的一样：在上苍的保佑中，仍然有贫穷富贵，一切都要靠我们自己。所以，我们必须在坚强和战斗中生活。

姑妈轻轻走过

前两天去二哥处，二哥说，大姑妈去世了。轻轻的一句话，蜻蜓一样轻轻地落在我的心间。我有些恍惚，思绪缓缓沉降。姑妈的影子却从记忆深处缓缓升腾。

大姑妈是我爸爸同母异父的姐姐，一个很慈祥的农村妇女。年轻的时候会扎斗笠，能赚一点小钱，够自己生活。我们小时候，记忆最深的是每逢赶集的日子，跟母亲一起去镇上，遇到大姑妈，大姑妈总会拿几毛钱给我们，让我们到饮食店里吃一碗面条。这对于小时候的我们，是一种很奢侈的盛宴了。记忆中的姑妈，是一个疼爱我们的姑妈。

我们长大后，到外面去讨生活，工作忙碌，很少回老家了，也很少去看姑妈。日子一天一天地过去，我们在渐渐长大，皱纹渐渐爬上我们的脸，大姑妈也逐渐老去，到九十多岁了，走路困难，经常坐在椅子里，看天看地，想一些往事。她八十多岁的时候，曾经约了小姑妈，一起到我们家里来，说是以后很难再回娘家了，趁现在自己还能走，多回几次娘家。这是她生长的地方，留着她许多温暖的记忆。当然，回娘家时，她的娘早不在了，她的弟弟们也都不在了，只留下她的弟媳妇，和一群侄子侄女，这是她在娘家的最亲的亲人。她还是想看看这些亲人，也看看做姑娘时候走过的一些山水，回忆一些经历的往事。在她的眼里，故乡成为牵挂心肠的一串名字、一种穿透岁月长廊的思念。

再后来，大姑妈就不能走动了，她的听力也渐渐不行，和她说话，要大声地说，如吵架一般。这一段时间，我去看过她几次。她每一次见到我，总会问问我的情况，担忧着我的没有成家，劝我要早点成家。没想到的是，她没看到我成家，就突然地走了。

前一些日子，住在连城的表哥突然打电话给我，说他要回到老家，要我看看县城里有没有老人家坐的轮椅，我跑了几个地方，都没找到，没想到的是，大姑妈还没坐到轮椅，就离开了这个世界。她静静地走了，轻轻地从我们的生活中走过，留下的只是一片如云的记忆。

温暖的城市

面对许多城市，我总有一种陌生的感觉。

因为读书，我在福州住了四年。后来偶尔去省城一趟，或者有时候闲翻记忆，总觉得这个我住了四年的城市除了校园有些温暖外，其他的许多地方，都带了一种冰冷。比如火车站和长途汽车站，站在喧嚣的人群中，附近怪怪的地方口音总好像藏着对外乡人的逼迫；在一些商贩灼灼的目光里，我深刻地感觉到口袋潜藏的危机。

漳州没有给过我这种感觉。

初识漳州，就觉得她是一座朴实的城市。走在并不热闹的大街上，我可以安详地看地上的一片片落叶；也可以在人流拥挤的夜间书市，和书商贩子热烈地争论价格，而一点都没有被要挟的顾虑；似乎，这就是自己的土地。而我知道，对于这个我虽然经常光临的城市来说，我还是一个实实在在的异乡人。

漳州，就是这样，一个让我感觉温暖的地方。

这里有我的亲人，也有我的朋友。我常常在周末的时间里，有事没事地往漳州跑。去了，朋友也常常带我到一些茶坊或者咖啡店，比如阿度、名典，找一间幽僻的包间，聊一些陈年旧事。话语在昏黄的灯光里沉浮，心情在优雅的音乐中飞扬。在回忆的目光中，这样的时刻往往带着许多温馨，走进我的心灵地带。

有些时候，在漳州，如果不是要忙着去办什么事情，而我又可以在这里待上一些日子——比如说有较长的假期。黄昏的时候，我也会一个人坐在公园的长凳上，或如茵的绿草中，静静地看悠闲散步的老人，活蹦乱跳的孩子，等到夜的波涛弥漫了整个城市，公园的人影从稠密变得稀疏，才依依地带着夜色离开。

住在漳州的时候，有一个夜晚，我从朋友那里回我哥的住处，我哥有事情不能马上回来。在这样的间隙里，我穿过马路，登上了灯火迷离的八卦楼。站在城市的一端看夜色中的九龙江大桥，长桥如虹，车流如梭，城市的灯光一片花海绚烂。我突然感觉漳州也不只是沉静安详的漳州了，在貌似安详的外表下，她也是一个奔驰在经济发展快车道上的城市。

感 动 祝 福

2002 年元旦之夜，我从街上踱回学校，四周一片冷清，毫无喜庆的气象。我闷闷地走进了大门旁的传达室，顺手翻翻当天的来信。一张略显陈旧的贺卡从纷纭的信封中掉了下来，撞痛了我的双眼：这是大学时的朋友明春寄来的祝贺，贺辞是："新年快乐，文运亨通！"短短的几个字，却让我觉得这个冰冷的夜晚突然明亮起来。

读书的时候，写信和寄贺卡是一件非常平常的事，我们一群花季未央的学生，总是在佳节临近时，采购货物一般从街上抱回一沓一沓的贺卡，然后雪片一样地散发出去。大学二年级时，有些同学甚至在贺卡上找到无限商机，元旦前到台江批发市场去采购一批贺卡，再到学校各院系里推销，服务上门，捞点"外快"。那时许多同学一次就能买下几十张贺卡，纷纷扬扬地寄出去，然后再一张一张地收读四面八方青鸟一样飞回的祝贺，咀嚼一份浪漫与激情。

学生时代，节日的到来确实让我们的生活过得非常丰盛。我们生活在一片祝福声中。记得 1996 年元旦，长安山彻夜未眠。同学一拨一拨地打电话到校电台点歌，电话一直占线。歌声在子夜的灿烂灯火中飞扬，带着暖暖的祝福汹涌在我们四周。整个校园里烛光闪烁，元旦的夜成了一片欢乐的海洋。这些留守在青春的记忆，让所有后来的日子都显得黯淡失色。

毕业以后，这种喧闹离我们远去了。元旦前夕，往往也会收到几位朋友的祝福，都淡如微风，轻轻飘逝。节日变得与往常一样没有波澜。心也一层一层地蒙上了厚茧，麻木起来，似乎没有什么可以让人激动的了。日子总在光明与黑暗中穿行。在这样平凡的岁月里，我的心里却似乎有一种渴望，一种等待，等待沉寂的日子中会有一些奇迹发生。

去年 9 月 10 日教师节的那一天，我照样早早来到班上督促学生早读。穿过一片朗朗的书声，一个怯怯的声音突然在我耳边响起："老师，你有没有听广播的习惯？"我一愣，看着眼前的那位同学，他正用一种略带羞涩的眼神看着我。我摇了摇头。他鼓起勇气似的坐直了身子，说："您听中午一点半的

'午间音乐茶座'吧。"我心中一动，立刻明白了他的意思，点了点头。中午吃完饭，我便开了收音机，调到"午间音乐茶座"的那个频道，一边听着广播，一边翻动着手中的报纸。整一点半，"午间音乐茶座"开始了，我听到了一个略带稚嫩的声音在留言板上给我的祝贺。我放下手中的报纸，静静地倾听悠扬的歌声，眼中有些湿润。歌声带着动人的旋律，慢慢地穿过我关闭的厚重心门，缭绕渐深。一种感动也慢慢地浮上心间。

　　沉闷孤单的日子里，往往是朋友和学生的点点真情擦亮了我日常的生活，使我感到，在平凡的工作岗位上，仍然有许多东西让我们感动，这点点滴滴的感动让我们紧握生命温暖的手，走平凡的路，过平凡的日子，而日子也在我们无法忘怀的记忆中被所有祝福点燃。

相 亲 路 上

　　仿佛一夜之间，身边的人突然都关心起我的婚姻大事来。遇见久违的朋友，三言两语之后，总会问：现在怎样了？虽然省略了一些语词，但我心领神会，马上答曰：还是老样子。朋友便会拍拍我的肩膀，说，要加快了。我立即频频点头。朋友走了，我的心头便会一阵堵塞。

　　我是一个早过了结婚年龄的人了，却依然单枪匹马，行走江湖。于是，无论行走在路上，或者于邻居家小坐，经常会有熟人神秘地向我招手。我兴致勃勃地走近，熟人就会悄悄地把我拉到一边，笑笑地问我，有女朋友了吗？我的答复往往是没有，于是我立即可以听到某个陌生女孩的消息，从外貌到修养，到家庭情况。直到我不得不对这个好心人说，我的心里已经名草有主了，方能罢休。

　　我内心充满了对关心我的亲人和朋友的感激，有时候也会对飞快流失的岁月感到恐慌，终于走上了相亲的路，认识了晨。

　　晨很漂亮，是很多人看到了就会喜欢上的那种女孩。经人介绍，我和她在一家咖啡馆相见。她穿了一条粉红色的羽绒服，一条浅蓝牛仔裤，明亮的眼睛，纯净的脸庞。也不是很腼腆，我们聊了一些彼此的经历。我知道她是因为母亲不愿她嫁到外地，才把她从遥远的工作的城市叫了回来。她说，她回来的目的就是相亲，因为她快三十了，不能再等了。

　　以后我们就联系起来，发发短信，聊聊闲天，有些熟悉了。有一天中午我下班，突然接到她的电话，说让我到她那吃饭。我骑车过去，她的电饭锅里已经腾腾地飘逸出阵阵饭菜的清香了。在一个人的日子里，食堂就是我的家，突然有人煮饭请我吃，我有一种幸福的感觉。

　　遗憾的是，我们之间并没有沿着这样的路完成我们被期待的故事。可能是看多了恋爱小说，我对爱情有许多罗曼蒂克的想象。总以为那是两颗心的慢慢靠拢，是心弦的缕缕沟通；是从相识到相知，到相爱的过程。所以我的步履总是有些迟缓，一点一点地寻找心中的感觉。晨的观点却不一样，她是希望一见倾心，轰轰烈烈的。经过了一阵子，她开始埋怨我不够热情，给她发的信息总是短短的语言。她说，你一个有才华的能够发表那么多文章的人，怎么就那么没有创意呢？而我却无法找到那种跨越式的情感，到了成熟的年纪，很难做到一见钟情、风风火火了。我还是想慢慢靠近，一点一点地熟悉彼此，积累感情。

面对未来，我们的思想在走着不同的道路。终于有一天，她说她要离开这个小城，去另外的一个城市。她在向我发出离别的信号。我知道，是因为我的怠慢，使她决定离开。她是一个不错的女孩，但我不习惯通过相亲的方式迅速走向恋爱的道路，这样的固执和迂腐，让我们无法牵手，我们相亲的故事，也在她转身的背影中画上了最后一个音符。

风　景

　　没课的时候，我偶尔会和三五个同事走到年段室旁平顶的楼上，放眼看四周的景色。教室后的小山，显现出一片春天的景象来。葱葱郁郁的蜜柚林流翠欲语。我经常在这样的景致中对着小山柔情满怀。春天的空气中漂浮着一些淡淡的水雾，天空显得辽阔而渺远。在这样的天空下，校园像刚刚从云里雾里浮现出来的一座花园，透露着许多新鲜。

　　从去年的年底开始吧，我丢弃了陪伴我几年的摩托车，开始在县城喧闹的大街上骑一辆自行车，来去匆匆。进入校园，也往往目不旁顾，对日日变换的校园景观熟视无睹。有时候也淡淡地想，或许这就是所谓的审美疲劳吧。因为看着她长大，所以并不惊异于她日渐显示的美丽，总以为那也是应该的。直到有一天下午，因为早早地来到学校，校园显得寂静而空旷。进了校门，我不经意地看了一眼路旁的小花，发现平常未曾注意的这些花卉突然显示出一种异样的美丽来。我抬起头来，看见排列齐整的大王椰子，虽然被剪去了许多枝叶，却仍然高高直立，隽秀挺拔，显现着独特的风姿；而独处祖国西南边陲的棕榈树，虽然告别了遥远的故地，被人为地移植到异地他乡，却没有过多的伤感忧郁，仍然在四月的风中微笑妩媚。

　　在南方一个有些偏远的县城，一座现代化的投资一亿三千多万的花园式学校和生机勃勃的教学景观就这样突兀地出现在人们的眼眸中，成为这个县城的一种特殊的风景。以人为本，着眼长远，培养自我学习能力、动手实践能力、心理承受能力……这样全新的教学理念对于还处在传统羽翼覆盖下的农村教学来说，也是一帧独特的风景吧。

　　我突然就感动了，感动于这样的一种风景中。在我们感动的视野里，其实风景是处处存在的。比如以校为家、终日奔忙在校园的老师同事们；比如年纪尚小，青春灵气的学生朋友。他们在刚刚离开家时，许多时候都对家庭和父母充满了留恋。但他们没有因为眷恋家的温暖而终止求学的道路，他们懂得在忙碌的校园生活中营造另外一种家的温馨；懂得理解老师的努力和校园的温情；懂得把学校当成自己的第二个家，开始像燕子一样在校园的天空轻盈地飞翔，用青春唱响春天的旋律；在自己记得的每一个节日，他们也会记得送给老师真挚的祝福。校园，因为他们的存在而流动着永不凋谢的风景。

　　从过渡校区到新校区，学校经历了将近两年的历程，伴随这样一路花香、一路汗水成长的，是从几百名到几千名学生规模的扩大。如此一族的莘莘学子，在这样诗意栖居的校园环境中，他们的青春和梦想必将在蔚蓝色的天空下启程。而生命中美丽的风景，也将在他们未来的征途中层层展开，——浮现……

校园花开绚烂

秋天的夜晚，偶尔会漫步在校园的广场，看校园里暗黄浮泛的灯光，和灯光里枝条妩媚的树。在庸常生活浸泡的麻木中，我突然找到了一丝感动。灯光漫涌着，一波一波地覆盖了静默的楼群。这是校园，喧嚣尘世中的一方净土。幢幢楼影中，众多学生的身姿仿佛夜色海洋中漂泊的小船。

已经习惯了这种生活。

习惯了在花开绚烂的校园甬道中匆匆行走，习惯了在椰树招展的风情里埋头沉思，习惯了走进教室就打开多媒体课件，习惯了在手舞足蹈的失态中张扬激情。三尺讲台，在回顾的目光里，穿过轮转的四季，被唱成一首充满阳光味道的歌。

记得 2006 年的夏天，是一个多雨的季节。因为校园的建设还没有全部完成，机器的轰鸣声还在空中荡漾。刚刚进入到正兴学校的许多老师经常满脚泥泞，但又都激情昂扬。让我最感新鲜的是，走在校园的每个角落，只要遇到学生，不管认识不认识，他们都会礼貌地叫一声"老师好"，在亲切的氛围中，裤管上的泥水仿佛都跳跃着音符，弹唱起师生共同的梦想。我很难忘记的是，在我第一次走进这所学校的教室时，教室里汹涌起掌声的浪潮。以后，在许多的时刻，只要我一脚迈进教室，就经常会听到这样的掌声。在我记忆的底片中，学校真的是一所很有特点的学校，学生，也是一群特别的学生。

和许多地方的许多年份一样，2006 年的冬季，校园也被笼罩进一片寒气中。但当我打开关于这一年这个校园的记忆时，往事仍然被一种温暖的光芒照耀。沉潜在记忆湖水中的是这一年的 12 月 25 日，圣诞的钟声遥遥地从大洋彼岸穿过不同的肤色和国度，祝福的声音在中国南方的空气中弥漫。在这个冬天浓浓的夜色中，我和其他老师一样，收到许多班级的晚会邀请函。当我匆匆地顶着冬天寒冷的风，蹬上教学楼的第一层楼梯时，我的心马上被一股暖流拥裹着。许多教室的窗口生长起美丽的花，圣诞树在教室的一角蓬勃向上，天花板上悬垂着各色的花带，橘红色的灯光点亮了所有梦想的心空——我们学生的创意。

春天总是带着绿色悄然地进入人们的视野。2007 年的春天，校园的各个角落已经告别了的泥泞，充满绿色的生机。各种花草树木在校园通道的两旁，在塑胶跑道的边沿，渐次开放生长。椰树在风中传唱，董棕在雨里成长，三角梅在校园的一隅绚烂成一片花的海洋；而莘莘学子和老师的手，也在这样的季节里相握成长——正兴，成了我们的家；校园和我们的心灵，成了一座美丽的花园。

这是我的记忆，关于一段时光，一所校园的记忆。记忆如水，在我的过去和未来漫漫涌流。

情 暖 秋 天

上个星期回家，打开QQ，收到一个跳动的头像，是一个学生的问候。接着不久，她就送来一份礼物，是月假时候同学们精心制作的PPT。封面写着"生日快乐"。我的生日（阳历生日）还有一星期才能到的，但是同学肯定是趁着月假，赶着做的，否则他们回学校以后，就没有时间了。PPT首页是一个女孩子漂亮的照片，低头冥想，照片的上下方写着"张老师，我想你"，我凝视着画面，一股暖流开始在心头流淌，内心的某个角落突然变得柔软起来。

自从暑假一别，就没再见过同学们了。同学的生日祝福勾起我的许多怀念，过往的岁月仿佛一下子从眼前匆匆流过。无法握住的是岁月，能把握住的，或许只是怀念和感伤。

PPT的第二页，是一组同学在学校运动会时候拍的合影，上面又有一行文字：张老师，我们都好想你。我有些惊讶，同学们制作的作品，层层深入，表情达意，富有梯度深度。我很欣慰他们的成长。风雨依然的画面让我想起那一次令人难忘的运动会。在那一次运动会上，我们（七年12班）拿到了比赛总分第一名。我的手机里，至今保留着那个时候拍的视频、照片。

往事如昨，但我们已经分开。

记得暑假，我决定回公立学校，知道消息后的同学在QQ上给我留言，记得最多的话语是"老师，您怎么可以这样?""太突然了!"是的，我怎么可以这样?! 这是生命里程的一个重要选择。我不知道最后到底对不对，但是我需要做出选择。对不起，孩子们，我不能陪你们走到初中毕业，但是我的祝福，却一定能够长长久久。

PPT的第三张，是家长会的照片，不知道同学们从哪里拿到的，又有一行文字："不知何时才能再见?!"这样的一句话，让我想起我读中学时经常唱的一首歌，那首歌里也有这么一句话：不知何时才能相见，不知何时回到你身边?! 其实人生聚聚散散，总有许多把握不住的东西，我们只要能记得彼此的好，记住时光带给我们的美好记忆，并珍惜这一份情感和缘分，这就是幸福了。

同学的这一份心意，让我记起，在我刚刚接手这个班级的时候，也是在那样的一个秋天，傍晚时候，我按例走到班级门口，想看看同学们的学习情况。没想到刚到门前，就看到黑板上密密麻麻的同学的签名和祝福，中间是几个大字——"张老师，生日快乐！"我突然说不出话来，走进教室，默默地站了一分钟，同学们突然唱起生日歌来，"祝你生日快乐，祝你生日快乐！"我低头谢过，只是静静地说了一声："晚自习了，保持安静！"

同学们，你们的老师，是一个木讷、不解风情的老师，似乎理智永远高于激情。现在想来，这样的老师必然也是一个不称职的老师，面对充满青春激情的花季学生，用一种冰冷的教条去面对，这不该是一个称职的老师做的事。

我曾经跟这个班级的同学说过，以后，我会找一个机会，让你们疯狂一把。但今天，我要食言了，因为我们已经分开。我只有暗暗记住你们的好，和岁月一起，带进我的生命印记。

我的生日是在秋天，这是一个成熟和凋零的季节，寒冷开始从时间的底部升起。但幸运的是，我的秋天并不寒冷，有了同学的祝福和爱，我的心灵永远飘扬在春天的风中。

亲爱的同学，在这样一个敲打着键盘的夜里，我想对你们说，我也爱你们，不会忘了你们。

又一次说"孩子们，再见"

前天，原来 14 班的吴委民来电话说他们同学聚会，要我去他们聚会的地方，因为一些原因，我终于没有去成。恍惚间一想，他们已经快要升高中，一些同学，就要离开正兴了。时间过得真快。又一回想，来漳州正兴三年，和孩子们的分分合合，经历了三次，这次暑假，可能要经历第四次了。期末之前，为了安抚 12 班同学的情绪，让他们安心读书，我跟他们说，我们要争取下学期不分班，不必急着写留言，做告别。现在看来，我的承诺可能不能实现，他们有可能又要经历一次大离散了。12 班的孩子们，我只能很抱歉地说一声："对不起，或许我们要说再见了。"

我一直是一个慢热的人，去年带 12 班，情况更甚。因为开学之初，就经历了几次分班，很多开学的情绪，都消耗在最初的那些纷纭中，带这个班级的时候，我和很多学生一样，情绪还部分停留在原来班级的影子里，虽然我尽力调整，但还是很难一下子转过弯来。所以孩子们刚刚到这个班级，可能更多地看到的是我严肃的脸。温暖，是一个飘在空中若隐若现的名词。孩子们，现在，在这样的文字中，我要对你们说："对不起了，我希望你们在此后的日子里，能有更好的机遇、更多的快乐、更阳光的前程。"

回想起来，和 12 班的同学在一起，还是有很多平凡但美好的回忆。记得刚刚成立班级不久，就遇上了我的生日，11 月 11 日，这是一个特别容易记住的日子。那一天，记得是星期天，上一届 14 班的同学一直打电话，要我去学校，我在傍晚的时候去到学校，和一群已经分散多日的孩子们过了一个热闹的生日。结束以后，我照常往班级里走，一进班级，就看到同学们正安安静静地坐在座位上看书、写作业，我眉梢舒展，转头看黑板，我怔住了。黑板上，班长嘉敏工工整整地用彩色粉笔写着一行大字：老师生日快乐！旁边是所有同学的签名祝福。看着那些熟悉可爱的名字和温馨的语言，温暖突然像一片浪潮一样席卷了我。孩子们，对不起，在我的生日的这天，你们用自己的方式，表达了对老师的祝福，我却无法找到一种恰当的方式表达我的感谢。

你们突然唱起生日歌来，我要求你们放低声调，因为其他班级的同学在读书。即使是在一个特殊的时刻，我都没有能让你们放飞青春的激情。现在，我想如果还有机会，我一定要让你们在一起，好好开心一回，热闹一回，但这样的想法，可能无法实现了。

一起走过的三百多个日子里，当然有更多的记忆可以追寻。比如说在全校学生运动会上，我们班级拿到了年级组冠军；比如在年段组织的课堂教学质量检查中，我们获得了数学、语文、历史几次的第一名；又比如我们日日向上的班级风气。我们虽然在刚分班时，成绩处在年段的末尾，但是我们的优生人数，却一直处在年段前列，甚至下学期期中考，我们班的曾泽明、冯雅玲，分别取得了年段第二、第四的好成绩。

在相处的这段日子里，我们留下的点点足迹，希望能够成为你们人生的一种财富，装点你们的行囊，闪烁一路光明。

天堂的朋友

那是一个深秋，校园的树叶将落未落，我收到一位大学同学的来信，一阵寒暄之后，他说某某同学已经"走了"，是在去教育局报到的路上出事的。这消息让我一时间感到心灵的阵阵迷茫：我们刚刚毕业不久，同学的音容笑貌婉在眼前，怎么突然就有人"走了"，一个人孤独地远去了呢？

我不禁忆起，这位"走了"的同学家境贫寒，一直到毕业，都未交齐学费，以致被学校扣压了毕业证书。但他在学校里，各方面的表现都非常好，认真工作，认真学习，偶尔也写一些小说和诗歌，他的小说和诗歌有一种特别的味道。这样的一位同学，在走上工作岗位前，却突然"走了"，他是带着怎样的遗憾离开的呢？

不久以后，我又听到我的一位朋友天去世的噩耗。天是在广东用三轮车载客时被歹徒杀害的。听到这个消息时，我已经没有太多的惊慌，只是感到悲哀和愤怒。我说："这是第几次听到朋友夭折的消息了？人，有时是非常丑陋的，在有些人心中，蛰伏着相当黑暗的东西，当社会出现价值失范，物欲横流之后，这些东西往往会淹盖基本的人性良知。"愤怒已经没有太多的意义，不经意间，记忆的闸门却缓缓打开。

1986 年，我在县一中念初中，喜欢看课外书，高中的天也有同样的癖好，我们经常在私人租书店里相遇，后来就谈到《天龙八部》和《红楼梦》。天有一批《红楼梦》的评本，分析起小说来，头头是道。或者是古典文学接触多了，他的古文功底相当好。后来我辍学，他在一中上补习班，我们经常通信，谈论命运和文学，我常常为他能信手拈来一些古诗词深深折服。自以为文学功底不错的我，在他的面前自惭形秽。我辍学，他高考落榜，我们走过了几乎相近的心路历程，感情也渐渐地拉得更近。他在孤独寂寞、压力逐渐增大的复习班生涯中，经历了许多痛苦。有一次，他说他"莫名其妙"地拉过一辆自行车"往外就走"。山高水长，他走了一百多里路，回到家乡来看我，但恰逢我外出，他说"我突然才明白我跑了一百多里路是为了什么"，

"所有的失落和伤痛都涌上心头"，"感到非常累"，他是通过信向我诉说这一切的。那封信，他用了整整十页信纸，我看完他的这些话，小心翼翼地折好信纸，把它放进我的小木箱中，放进我最深层的记忆。给他回信，我也用了七张的信纸。鸿雁在我们之间扇动着沉重的翅膀。

那一年以后，我去打工，他回到家中。我偶尔从工厂回来，到他家去，发现他仍在看《红楼梦》和《朦胧诗选》，他依然不能放弃精神世界的漫天遨游。然而这一切活动再也不能堂而皇之了，只能隐在夜色之中。那时候虽然我们心中充满迷茫和痛苦，心灵却显得丰满。一直到现在，我都记得当时非常喜欢的舒婷的诗句，"痛苦，使理想光辉"；也记得另外的一些句子，"写下两行诗你就走吧，芒果树下有隔夜的雨声"。

迫于家庭的压力，天再也不能躲在家中看书了，他开始学木工，很快就学会一手绝活。他打的家具漂亮、结实，很多人都找上门来。他承揽了许多活计，拼命地干，常常忙到天亮。他父亲偶尔骂骂他。但我知道他心里不好受，装着许多苦和不平，想用沉重的劳动使心灵麻木，忘掉痛苦。他曾经给我来信，说"哀大莫过于心死"，我不知道他后来平静了没有。不久他就到汕头去打工，我回到一所乡村中学念高中，渐渐地失去了彼此的消息。我在大学期间，也曾听说他生活得不错，有了老婆孩子。我在心里暗暗地为他感到高兴。我想：生活的沟沟坎坎该磨去了他多愁善感、富于梦幻的诗人气质，让他变得坚强了罢。

不想他就突然离我们而去了。他的不幸，是生活的一种怎样的错误和荒谬的结论呢？像他这样善良，怀着美好愿望又经历许多坎坷的人，该和我的那位早逝的大学同学一道，升入他们始终心怀向往的天堂去了罢。而留给他的朋友和亲人的，又该有怎样的伤痕和思念呢？

寄往天堂的信

天：

　　见信好！

　　临近清明，雨又像唐朝诗歌描绘的那样绵绵地下起来了。这个季节，我想起了一些永远告别的人，包括你。想起你时，思绪总把我拉回遥远的过去。我们从生离到死别，已经整整二十年了。我有时候会感到诧异，无法理解时光是这样流逝的。回忆你，或者回忆我们在一起的时间，我认真地想过，有时候并不完全因为你，可能是因为我希望找回一段纯净的历史记忆。

　　我们相识的时候，你是我们县一中的一名高中学生，而我也刚刚踏入这所学校初中部的门槛。是共同的爱好，让我们走到了一起。我们经常在一家私人租书店相遇，有一次我们一起从租书店出来，在书店旁边的公园里拉上了话，没想到两个人有那么多共同的语言。你谈到《红楼梦》，谈到贾宝玉和林黛玉的爱情，谈到脂砚斋，谈到另外一些红楼专家的评论。我发现我心里的很多东西，都能在你那里找到回响。友谊应该就在那样的感觉中建立起来的。

　　我不知道该怎样将我们的经历进行淘洗和梳理，才能让我的这一封想要寄往天堂的信简省而条理清晰。回忆之中，思想的伸展显得十分艰难，浓厚的情绪像迷雾一样裹住了我的大脑神经。我只记得，在你高中毕业的那一年，你没能考上大学，我也辍学回到了乡下。你刚刚到高三补习班，可能太多的失落情绪让你无法找到生活的支点。有一次，你骑自行车跑了一百多公里的路回家乡来看我，可是因为你事先没有告诉我，你回来的那天，我刚好出门了。你回学校之后，给我写来一封长达十几页信纸的信件。你说，回到老家，没有见到我，"所有的辛酸才一下子涌上心头"，那是我到现在为止收到的最长的一封信，我永远无法忘记你的述说带给我心灵的冲击和震撼。那时的我们，心愿其实非常简单，我们只是希望能够简单地读我们喜欢的书，诸如《红楼梦》《红与黑》、尼采、弗洛伊德、舒婷、北岛等。但因为这样的心愿，我们把自己的生活弄得很难收场。

　　你后来也没有如愿地进入我们都向往的大学。一年以后，你回到老家，当起一个深居简出的木匠师傅。又过了几年，你外出打工，在这样艰难的生活当中，你一直都没有忘记读一些书，因为书里有我们向往的天堂。

　　我没有想到的是，在我大学毕业后的一个春天的午后，我突然听到你远去天堂的消息。你在南方的某个城市，用三轮车载客时，一个歹徒在抢劫了你身上的钱后，用他那罪恶的手，将你带走了……

　　我忽然有些明白：有一些追寻，注定带着凄凉；有一些诗意，注定写满沧桑。

　　而我只有悲哀和愤怒，只有思念和祝福。记得你在给我的一封信上，曾经引用过这样的祝福：一愿郎君千岁，二愿妾身常健，三愿如同梁上燕，岁岁常相见。那时无法想到，那么早我们就天人永隔，岁岁常相见是不可能了，只愿你在另一个世界永安！

生 命 之 殇

其实这一篇文字，应该是在前一些日子就要写的，但是因为种种原因，一直拖了下来，直到今天。当我坐下来，打开空间日志，我不知道该用一种什么心情来书写这样的心迹。哀伤与忧虑，沉重和怀想，似乎已经无需言说，但我还是要写一写我内心的怀念和感伤，以及思考，以此来纪念我的朋友。

我与 X 的相识是在 1999 年，那年我从后时中学调到大溪中学，X 刚好在那年毕业，我们成了同事。对于我而言，他是年轻的，甚至到现在，在我的心里，他依然是年轻的。年轻而又有活力，热忱而又仗义。我们很快成了朋友，很快混在了一块。因为都还没有成家，有共同的境遇、共同的语言，所以会常常在一块聊天。因为他的热忱，他的宿舍常常会有一堆同事。他甚至会把自己宿舍的钥匙给同事。他的宿舍是在教师宿舍楼的底层，进出比较方便。所以，无论他在与不在，那个单人宿舍里总会有人迹晃动，或者打牌，或者喝茶、聊天。他的宿舍成了很多老师的聚集地和茶馆。我有时候想喝茶了，就拐到他的宿舍去。到那边，或者已经有人在泡茶，或者自己就可以坐下来泡上一壶，就像在自己宿舍一般。我更与常人不同的是，有时候还会和他一起在他宿舍煮饭。后来我离开大溪中学，但每次回老家，都会去他的宿舍走走，和他聊聊天，有时候也住在他宿舍，借此省去一点住宿费。

从 1999 年到大溪中学，到 2006 年离开，我在这所学校待了 7 年时间，此间有很多时候是和 X 在一起的。夏天傍晚，我们会一起骑着摩托车到灵通山脚下的新荣水库或某个山上兜风；夜色降临，我们也会一起相约到哪个女教师宿舍座谈。当然，由于种种原因，我们都没能在那样的时间里谈成恋爱，但是，那样的青春年华里，互相帮对方做做电灯泡，跑跑女教师宿舍，是很正常的事。

我记得我后来离开大溪中学，每次回家的时候，从镇上去我母亲那里，因为有一段距离，X 只要有空，都会用他的摩托车带我过去，后来他买了面包车，就用面包车带我去。我在母亲的住处待的时间长一些，他无事可做，就待在外面，等我要走了，才一起离开。

这是我怀念他的种种好处，当然也不只如此。虽然我和他分别多年，但是当听到他的噩耗时，我还是万般不信。至今回想，我觉得他还在人世间，那么生动地走着、坐着、聊天着。我无法相信他已经离开了人世。

是一个朋友在微信里告诉我他得病的消息的，说有消息说 X 得了肾癌，而且是晚期。刚开始，我以为是误传，因为传这消息的朋友也不肯定。学校以前也有老师不想上课，而假托生病的前例，我当然也希望，甚至相信他是如此。因为他种了很多蜜柚，有很多活要干。但我也怀疑他还不至于如此，心里到底还是有些相信，以至于恍惚。因为那段时间特别忙，就没有马上和他联系，过了几天，打电话过去，他接了我的电话，说是得了重病了。已经去福州做了检查了，回来正在吃药。

我的疑虑终于得到证实，但我总相信他能挺过去，因为他很年轻，身体强壮，我觉得很多人都能挺过去，他也一定能。我在电话里跟他谈了很多，希望他要有信心；推荐他看凌志军的《重生手记》。我觉得凌志军的病比他还严重，都能挺过来，他也一定能。还是因为忙，那一段时间，我每个周末都在加班，没有时间回去看他。到了劳动节放假，我终于有了假期，当天就跟一个朋友回去，到了大溪中学，打他的电话，没人接听。于是打他父亲的电话，接了，说是在家。我心里就有些发憷，在家而不能接电话，说明病情已经不乐观。我问了大溪中学原来的一些同事，都说有一段时间没见着他了，不知道现在情形怎样。

我是在当晚和另外一位朋友一起去看 X 的，到现在我都不敢太多地回想看到他的情景。他已经相当虚弱，可能因为我要来，他起来坐在一张半人高的椅子上，瘦得不堪，完全不是我记忆中的样子，而且眼神呆滞，不断咳嗽，呼吸也有些困难。我不忍心让他多讲话，就和他父亲说，要他们有信心，好好治疗。但我自己心里，也在怀疑信心是否有用。我问他是否难受，他说是难受的。他因为体力不行，坐了一会，就回床上躺下了。我也就和朋友离开了。

在离开的路上，我突然就有很深的忧伤，人生苦短，生命无常。他才三十多岁，正是做事业的最好时机，但他可能要走了，离开这个光明的世界，留下他的爱人和年仅三岁的孩子，离开他的亲人、朋友和对人世的眷恋。

　　他最后还是没能挺得过来，告别了这个世界。我在知道这个消息后，吃着饭，突然说不出话来，眼泪悄悄地溢满眼角。当天，我的一些朋友打电话或发微信过来，说心里不好受，我无法回复。我觉得所有的言语都是轻飘的，正像史铁生说的那样，有一些感受，不能用语言表达出来，说出来，便不再是它们了。

　　几年以来，在我身边，我遇到和听到了不少这样的消息。我不知道这个世界究竟是怎么了，为什么告别了战争和贫穷的苦痛，人类却又被另外一种梦魇围困住了。

生命如此脆弱

自汶川地震后，几天以来，我每一次回到宿舍，第一件要做的事情就是打开电脑，搜寻有关汶川地震的消息。我所知道的是：死亡人数一直在上涨；汶川震中地区三个乡镇道路被完全封锁；通讯中断，消息阻隔，救援队伍无法到达；当地六万人一直没有任何消息；有许多地方被夷为平地；有许多人被灾难围困；有许多人无法逃出……

安妮在日记中写道："当驱车至事发地点，打开车门，我吐了……空气中扑面而来的血腥味让人来不及从生理上和心理去适应和反应。踩在泥泞的地面，往学校里走，一段路后，我们才晓得，地面的湿，是绛红色的……"有一些时候，我无法忍住眼中的泪水，天地不仁，以万物为刍狗，号称万物灵长的人类的生命有时候竟如此脆弱！

在都江堰，在聚源中学，有多少家长曾经企盼着自己的孩子能够进入这所远近闻名的学校。而现在，太多的梦想都剧变成一种撕心裂肺的痛！许多孩子的父亲和母亲，只能将孩子留在过往岁月的梦中；许多的孩子，都到了一个遥远的地方，永远都无法找到回家的路！

记得在公元 2008 年 5 月 12 日的那一天，也就是前两天的那个阳光灿烂的下午，我坐在高高的体育考试裁判席上，正欣喜地翻看学生们的考试成绩，我不知道，我无法知道，在同样的那个时间，下午 14 点 28 分，在四川汶川，也有一群孩子，一群学生，他们的命运正在画着怎样变异的轨道，他们的生命正在以一种弧形的姿势坠入一个茫茫的不可知的黑洞。

几天繁忙，我一直找不到一段充裕的时间，来表达我的关注、我的思想、我的哀思。但是每天每天，无论多晚回来，我都要打开电脑，一点一点地搜寻灾区的消息、救援的消息，向苍天祈福，为万民悲哀。

让爱牵你远行

那是一个暮春的早晨，缠绵已久的春雨刚刚歇脚，一轮朝阳灿灿烂烂地挥洒着清丽的光辉。我在路上拦住一辆三轮车，准备回家去。车刚启动时，突然听到路边有人大叫停车。一会儿，上来一个看上去五十来岁的妇人和一个十七八岁的小伙。那妇人絮絮叨叨地数落着："怎么不停车呢，怎么不停车呢？"我有点不耐烦了，抬头看了一眼他们俩，不由一怔：那小伙眼珠往上翻着，眼睛白多黑少，原来是个瞎子！他那清瘦的脸庞下面吊着一个黑色的皮包。大概是算命的吧，我想。看那神情，该是母子俩。

走了一段，他们开始对话了。母亲希望在后一个村庄落脚，那小伙却不答应，一定要在一个叫荇背的村子下车。做母亲的十分怜惜又耐心地解释说："在最后一个村子下车，可以省下好多赶脚的路程。"但那小伙子却大声叱喝："我说怎样就怎样，怎么那么啰唆？"母亲终于屈服下来，吩咐三轮车手在荇背下车。那小伙也平静下来，低下声来问母亲车到哪了。看着他们转眼间又相依为命的那副贴心样儿，我的心头不禁一阵感动和酸楚，不由地想起母亲拉着儿子的手在街上慢慢行走的模样。母子情深！母亲，也只有母亲，才肯穿过一生的漫长和艰难，穿过街上许多冷冷的目光，穿过许多尴尬和儿子的叱骂，小心翼翼地守护着心底的一份固执的疼爱，为失去生活能力的儿子做生命的导航！

车很快就到了那个叫荇背的村子了。我再次打量了那对母子一眼。看到的依然是那儿子苍白的消瘦的脸，那往上翻着的白多黑少的眼珠，吊在颈前的黑色皮包。他们要下车了，做儿子的从黑色皮包中拿出一张十元面额的钱来，要交车费，母亲忙把儿子的手推开，从裤兜里抓出一把散钱来，他们似乎又要争执了。

我跳下车来，步行回家去，心底有些沉重，又有些欢欣般的感动。茫茫人海中，那母子俩与我的相遇，仅仅是一件极偶然的事，而它却如一块落入湖心的铅，深深地潜入我的灵魂深处，让我的思绪和情感，散发着层层的涟漪……

辑二

屐痕点点

我 的 童 年

　　我的童年是在乡间度过的，那里有着连绵的群山、清清的溪流、淳朴的民风。我在那样的环境中生活了十几个年头，然后通过考试，到了县一中求学。从此以后，除了暑假，我不再长时间待在这一片生我、养我的土地上了。但童年里故乡的一切，永远地沉淀在我的生命中。

　　在记忆的深潭里，我依然能够清晰地看见儿时的种种景象。那是一个小小的山村，群山苍莽，乡野民间流动着一种田园牧歌式的生活。在我回看的目光里，一切曾经的困苦都已经远去，留在思绪的罅缝里的，仅仅是一种淡淡的怀念。

　　我家门前的一个土岗上，留下我童年的许多回忆。落日西下，阴云沉沉，我常常和我的二哥三哥，蹲在这样的土冈上，看远远的路的尽头，有没有母亲归来的身影。在那个贫穷的岁月，盼望外出讨生活的母亲归来成了我们最大的愿望和幸福。

　　有的时候，在我们望眼欲穿的双瞳里，邻村乡间的小路上会出现一个孤独而单薄的仿佛是母亲的身影，我们往往雀跃而起，跑下很长的一段路程去迎接母亲的归来。那个时候的我们，因为父亲的早逝，家里常常是有了上顿就没有下顿。在这样的艰难中，母亲常要带着许多难堪去亲戚或熟人家里借些粮食。在母亲外出的时候，二姐经常要带一个量米的木罐到邻居家里借粮食。母亲的回来，不仅解除了我们生活上的困窘，而且也带给我们一些自信和生活的勇气，以及母爱的温暖。

　　那个时候，虽然我们家几乎是这个村里最穷的一户，但我们兄弟在学习上，不仅是这个自然村，而且也是整个行政村里最棒的。二哥在进入中学时，是我们这个小学里分数考得最高的，三哥在同年级的同学里成绩也一直保持最好的水平。我的成绩，也是在同年级同学中一路领先。到了五年级，我就常常代老师检查同学的背诵。我现在还惊讶儿时的记忆。我那时并不是一个勤奋的孩子，但我的背诵任务却一直超前完成，老师还没上到的课文，我已

经会背诵了。记得那时候，我仅仅是在早晨上学之前，在熹微的晨光里，念几遍课文，就能把文章全部记下，而且几乎一字不漏。我在小学毕业之后，以这个乡镇拔尖的成绩考上了县一中，并在平和一中初一的整个一年时间里，在班上名列前茅。初二以后，我走上了逃学的道路，学习终于落下了，这样的逃学，影响了我一生的命运。

我的童年，是在一个极其落后的乡村小学完成启蒙教育的。我们的老师，除了校长和教务主任，其他的都是民办教师。我还记得我的语文老师把"人民"的"人"念错的情景，而且一直错误地念到他不再教书。有一些老师因为不懂得字的读音，就用闽南话教我们，现在想来，只是笑笑而已，但当时的我们，却以为那就是普通话的读音而一直跟随。我在一年级到四年级，从来都不知道有课外读物。但我把每一篇老师教过的文章都背诵下来，为我后来的语文能力打下了一定的基础。记得我在小学即将毕业的时候，从我的语文老师那里借到一本课外书，是线装本的《三国演义》。拿了回来，有很多文字我是不懂的，比如我就把古文的"曰"看成是"日"，但我能懂得那是"说"的意思。要说小学的课外阅读，那是我读到的第一本课外读物。后来我不知道在哪里找到一本《说岳全传》，看得七荤八素，迷入骨髓。周末在山上放牛的时候，带了这本书到山上，一看就忘了自己的任务，我的牛就偷偷乐着跑去吃别人田里的庄稼，回家以后，我免不了一顿被臭骂或鞭打的命运。

在小学里，我就表现了一种热爱阅读课外读物的习性，我的阅读之路却不能顺利地伸向远方，因为我再也找不到其他书籍了。我的童年，更多是在一种懵懂的岁月中度过的。

当 挑 夫

记得十几年前，有一次我和几个朋友去灵通山。上山的路又长又陡，在九曲十八弯的石砌小路上，我们走得气喘吁吁。就在这样的路上，我们看到一位中年男子，大约一米六几的个子，穿一件陈旧得已经泛黄的白底短袖衬衫，挽着裤脚，脚上青筋暴露。这位中年男子正汗流满面地挑着一担大约百来斤重的石灰往灵通山上走。我们有些好奇，就问他为什么要挑这么重的东西往山上去。他说，因为灵通岩上正在修路，他这是来赚点工钱。我们有些惊悚，灵通山海拔超过千米，上山的路长且陡，平常很多人空手上山，都是叫苦连天。这位男子挑了一百多斤重的东西，要爬几公里的陡峭的羊肠小路，想来真叫人为他捏一把汗。

说起当挑夫的生活，我小时候也是体验过的，记得还是读小学的时候，大约十一二岁吧，我的老家一个叫横路下的村小组有几家烧制屋瓦的瓦窑，因为地处深山，不通公路，自行车都无法到达，烧制的瓦片只能靠人工来挑。那些瓦窑老板往往会雇佣邻村的人来当挑夫，替他们把新出炉的瓦片挑给买家。十公里路程的工钱大约是一个完整的瓦片的价格，值一分钱。我所在的村小组那时就掀起一股挑担热。每当挑担的日子，天还没亮，大约凌晨五点多，村里一群人就吆喝着，提着扁担和用四根绳子系着的竹筐上路。我的母亲、姐姐和哥哥，都加入了这支挑夫队伍。因为当挑夫的工钱可以作为私房钱，当时十来岁的我也兴致勃勃地要求去当挑夫。我母亲当然也欢迎我的"自主创业"。

每当挑瓦的日子，凌晨四点多钟，天还没亮，母亲和二姐就会起来煮早饭，因为要挑重担，走远路，母亲常常会把稀饭煮得稠一些，甚至捞上几碗干饭，这也是我们兄弟姐妹感到十分开心的事。吃完饭后，我们就和村里的大人小孩一起上路了。从我们村小组到横路下，大约有两公里路，因为多是上坡路，大约得走二十多分钟。我们到达瓦窑时，瓦窑老板就会将新鲜出炉的稍微有些发烫的瓦片摆在一片空地上，我们自己将瓦片一片一片整齐叠好，

放进我们的挑担中。我因为力气小，往往用两个竹篮子当箩筐。那时的我，能挑上三十片瓦已经是十分让母亲欣喜了。

瓦窑窝在山脚下，我们从瓦窑前挑起担子，开始沿着山坡爬一条陡峭的山路。这条山路大约有半里路长，到了山顶，可以停歇一会，然后走下坡的路。这是并不艰难的一段。因为刚开始走，有的是力气，上山的路也不是很长。

艰难的时刻是在走了大约一个小时以后，到了一个叫夏溪的村子，那个时候，每一个挑担的人都已经有些疲累了，恰恰在这个地方，村子前有一座高山，我们要翻越这座高山，就要爬大约三公里长的一段陡坡。路陡且滑。我到了这一路段时，在一节黄泥土坡上，常常是要跪着爬上去的。好在我常常是和母亲或二姐一起，母亲或二姐到山顶后，都会下来帮我将担子挑上去。

过了这一段陡坡，到山顶时我们可以休息一会，吹吹山风，当身子感到清凉的时候，再重新上路。这样停停走走，再过大约一个多小时，就到了我们要去的地方，那是平和县和云霄县的交界处，乌山深处的一处人家。临到村子前，又要上一段陡峭的石子路，但毕竟已经快到了，大家反而不觉得辛苦。大概是前途在望的原因罢。

到了村子以后，买家会算好我们挑的瓦片数，将数字记在一个小本子上，作为以后我们拿工钱的依据。高兴的是，那个村子里的人家大多好客，惦记我们这么大老远过来，交接完事情后，往往会请我们吃一两碗稀饭。那个时候的我们，早已经累得不堪，四肢酸软，又饿又渴。这个时候能吃上一碗稀饭，对我们来说无异于山珍海味。用现在的话来说，真叫幸福感爆棚。

回家的路上，因为有赚到工钱（母亲一次能挑一百多片，一趟能赚到一块多），母亲偶尔还会在路旁的小店铺里买一瓶鱼露，这又是一件让我感到开心的事。

记得我挑了六七次之后，拿了两块多的工钱，这对于那个时候的我来说，真是一笔巨款。我用这笔巨款买了一支钢笔和一本小人书，我现在还记得买的那本小人书是《三国演义》里的《火烧赤壁》，那是我劳动报酬换来的快乐。

让人牵挂的春节

聊天的时候，有同事说起，今天是阴历十二月初一了。恍然一想，再过一个月，春节就到了。前几天回老家，母亲谈到远在国外的弟弟回家的行程，心中的挂念在不经意的谈话中被拉扯得长远。随着年龄的增长，春节不再因为是一个可以大饱口福的节日让我们企盼，它让人牵挂的，更多的倒在于对团圆的渴想。

童年的春节却并不这样，常常是带着对有一口好饭菜的渴望流入我的记忆。现在我们兄弟凑在一起，往往会谈起小时候春节的种种尴尬。比如有一年，春节到来之前二姐开玩笑说，要有人敢喝几口洗脸水，春节那天可以让他多吃几块肥肉，对吃肉有着极度渴望的几个小孩，居然有人不嫌弃，满口应承，当然结果只是引来一阵笑声。那个时候，我们最大的盼望就是希望春节到来时可以吃上一碗炖肉的干饭。我也依稀记得有一年春节，我们的一个邻居，孤儿寡母的一家人，春节这一天没米下锅，在别人准备"围炉"吃团圆饭的时候，这家的母亲在河边洗着家中仅存的几个地瓜，难忍悲凉，放声大哭。

那个时候的春节也不总带着凄凉进入我的回忆。贫穷的背后，也留下一些快乐的印记。除夕傍晚，吃过团圆饭，夜色早早降临，我们总是忐忑地等待母亲给我们压岁钱。通常是每人一毛，我们万分欣喜。带了压岁钱和母亲的祝语，兴高采烈出去，我们会向小伙伴们炫耀一下小心翼翼藏在口袋底部的母亲的疼爱。然后再到各个亲戚或小伙伴家疯跑，说新年快乐，口袋里换来大人的祝福和糖果。各家的屋檐下点起守岁的灯盏，我们在昏黄的灯光下玩到午夜；在石砌的凹凸不平的小路上穿越奔跑。等待某个家里突然燃起鞭炮，就一窝蜂地涌到噼啪作响的鞭炮火光下，抢拣哑炮，把欣喜和快乐留在新年的夜空。

伴随岁月的成长，我们总在获得一些什么的同时又失去一些什么。我已经记不起从什么时候开始，不再过多地感受到春节的快乐。有些时候，反而

会有一些紧张。长大后的我们，鸡鸭鱼肉成了平常的盘中餐，不再为了吃穿而愁苦，也就不再渴盼春节的盛宴。长年的忙碌让我们感到身心的疲惫。如果说对春节还有一些渴望，只是因为春节到来的时候，能够和亲人们欢聚叙话。往常被我们冷落的母亲，也可以在春节期间看到孩子们济济一堂。不过她的孩子们也大多已经携家带口，来去匆匆。儿孙绕膝的日子，总是非常短暂。母亲的家成了孩子们人生的一个驿站。春节，也只有在思念亲人的时候，才让我们深深牵挂。

我美丽的青春记忆

那是一个注定无法忘记的秋天。那年9月,我从一所偏僻的乡村小学考进了县一中初中部。当我知道这个消息的时候,世界宛如一朵盛开的百合,在我面前展现出一片绚烂而诗意的天空。我知道我要走出封闭的乡村了,要到城里去做一番事业。一个乡村放牛的孩子,将洗净脚上的泥土,到城里去,用汗水和智慧,实现整个村庄的梦想。

入学的情况一如想象中的美好。一百来人同居一室的大礼堂,排列齐整的双层铁架床,陌生而朝气洋溢的面孔,都让我感觉新鲜而亢奋。我被分配到初一(五)班,教室是在临路的一排土木瓦房里。我已经忘记了刚到班级时候的情景,但我依然记得所有同学青春洋溢而又稚气未脱的面容。同学是一群讲闽南话的孩子,我的家乡话是客家话,对于闽南话我是一窍不通,我不知道当时是怎么跟他们沟通的,却记得他们对我的友好,并不因为我是一个偏远的乡下来的孩子而欺生。虽然我自己未免有些自惭形秽。上课时,我听到看到同学回答老师提问时流畅的语言、满溢的自信,真是羡慕不已。而我,即使心里十分明白问题的答案,一碰到老师提问,一定是手足无措、满脸通红。我很高兴能和这样的一些同学为伴,也很高兴老师的课都讲得十分清晰。我的班主任是一个叫曾凡章的年轻而又温文儒雅的帅气小伙子,后来有同学说班主任是当时很多女同学爱慕的对象,我是完全相信的。即使是我,一个男孩子,也是十分喜欢老师的帅气和满满的书香气韵的。数学老师是一位来自福州的中年女教师,颇有威严。她讲课善于抓住典型,突破难点。在她的教导下,我的数学成绩基本能保持在九十五分到一百分之间。我们班的数学成绩也是出类拔萃。刚开学时,我们的英语老师是苏健华老师,他的英语发音清晰标准,讲课主次分明。他现在已经是闽南师范大学外国语学院的副教授了,也是学院的领导。他给我们上课的时间不长,却让我在以后的英语学习中能用国际音标拼读,解决了学习英语的关键问题。

初到一中时,洗脸刷牙,要到大礼堂旁边的一口深水井里去打水。在我

老家，水井是浅的，清清澈澈的水常常能溢出井沿，打水的时候，只要站在水井边，用勺子一勺一勺地从水井里将水舀到水桶里就可以了。但是平和一中的那个水井，深得让人心惊。打水的时候，人必须站在半米高的井沿上，用一个系了长长绳子的水桶，面临水井的深渊。我是平生第一次这样打水，未免有些手脚笨拙。在井边打水时，常常会有认识或不认识的同学、学兄仗义相助。这是我记得的一中给我的好处，也是让我深刻记得一中的好的一个原因。

那个时候，洗衣服是要到学校旁边的一条小溪里。我来学校之前，我母亲已经告诉我洗衣服的诀窍，那是必须先将衣领和袖口边上的容易脏的地方细细搓洗，洗干净了，再洗其他部位。我常常半蹲在那样的溪水里，洗换下来的衣服。我忘记了那个时候究竟有几件衣服，却很深地记得在我临来校之前，母亲特意为我做了一件白色的衬衫，那是我平生第一次拥有一件漂亮的衣服。往日，就算是过年了，要做新衣服，也总是用染过的布料，做粗布衣服。有时候几年没做新衣服，就穿几位哥哥穿过的旧衣服，缝缝补补，打了许多补丁。这次我到一中读书，母亲就不让我再穿破烂缝补的衣服了。

到了新的环境，认识了一些新的同学朋友。有同为老乡的初一（三）班的陈朝文，同住在大礼堂的同学李元任、赖义勇，同桌的张溪明、林劲松，还有学习成绩比较好的林为民、林坤山、赖捷民。当然，班上的其他同学也逐渐认识熟悉了。有了这些同学朋友，生活学习就不孤单了。期间我也学会了部分闽南话，生活上有问题时，会互相帮助；学习上有问题时，会和他们讨论，互相学习，互相促进。这些同学中，坤山后来还成为我的同桌，我们更加熟悉了，他是毕业之后一直还有联系的同学。

那是一段快乐充实的时光。其实我不敢相信我在初一第一次期中考试时居然能拿到班级第一名，那时的成绩也不是很理想，我清楚地记得我考试的平均分并不是很高，只有八十九分。现在想来，可能是试题比较难的原因。但后来我的分数就逐渐上升，有一次考试，我各科的平均成绩达到了九十七分，这是我学生生涯考试分数的一个顶峰，以后就一直没有超越过。

那一段时间，因为和第二名的同学成绩能拉开一段距离（大约有二十几分），所以基本能保住第一的位子。每次考试过后，学习较好的同学最急于知道的就是考试分数，一个科目一个科目地打听了解，然后去和平常成绩排在前面的几名对比，这也无形中形成了一种竞争。学习也有了激情。常常是早上五六点，和朝文一起拿了书到校园操场，或是哪个角落，埋了头，一心一意背英语单词。当然我们不是最早的。每次到操场，总能看见零零落落的一些学生，在电线杆下、在草坪中间、在人行道上捧着书在读。那个时候读书是唯一要做的事，是专心致志的。记得有一次我坐车回家，在车上，在喧闹的环境里，居然背完了英语课本里一篇文章所有的英语单词。那时是能够真正做到"两耳不闻窗外事"，心静如水。

成绩好的好处不仅仅在于满足一时的虚荣，还有明显的物质奖赏。记得来校的时候，我大哥就跟我约法三章，说是如果在大考时能考到第一名就奖赏三元，第二名两元，第三名一元。我在第一次期中考就实现了获奖三元的愿望，这是我自己和我的母亲、兄弟姐妹都很高兴的事。那个时候，我们的菜票费是每个月四元五角，每天一点五角，所以三元对于那时的我，是一笔巨款了。

大约是初一的下个学期吧，为了鼓励大家学习，班级组织了一次厦门游。鼓励的方式是期中、期末考试成绩第一名的免费旅游；第二名、第三名的依次减免部分费用（时隔久远，不知道记忆是否有错）。其他同学是自费旅游。我当时是免费的，但是也颇踌躇了一番，因为吃饭和其他费用是要自费的，写信去问大哥，商议的结果是可以去。我记得那趟去厦门，花钱不到两元。平生第一次看到了大海，登上了长满三角梅和回荡着钢琴声的鼓浪屿，到南普陀的佛像面前拍了照片。这是我青春时期最快乐的记忆。

少年情怀总是诗。少年的诗和远方，总是和朦胧的恋爱情愫相关。三十一年以后，同学常常会在微信群里说当年谁谁暗恋谁谁。少年维特的烦恼，很多同学都会有的。不过那时候同学的恋爱，很多是停留在柏拉图式的精神层面上的。班上后来唯一成为伉俪的同学只有一对——卢有忠和叶艺惠。有忠是一个帅气的男孩子，有些调皮，聪明机灵，不是很爱学习。艺惠是女孩子，我不是很熟悉，现在看来，也是一位很出色的女孩。两位同学，携手走过三十多年的风雨，情愫融洽如初，这是很让人羡慕的事。三十多年以后，有同学说这一对同学当初的恋爱是有公开过的。我对此一无所知。可能是因为我后来离群索居的原因。

我不知道平静的读书外表下同学的罗曼蒂克的故事，可能是和我的内敛的个性与所接受的封闭的教育有关。在整个初中阶段，我几乎没和女同学说过一句话。即使如阿 Q 和赵太爷式的对话也没有。我不知道这是因为我是乡下来的孩子，还是因为我所受的教育导致的。总之，我没有这方面的记忆。班上的女同学不少，但印象较深的只有卢晨华、吴小琳、李碧丹几位，大致是因为她们学习成绩好的原因。我的一位高中老乡，和他一位同班的女同学谈恋爱。有时候会看到那位女生来找我的老乡，他们一起离开校园，保持一定距离地在田间地头或林荫小路散步。我那时对于爱情的认识，仅此而已。我并不清楚恋爱有怎样的甜蜜快乐。那个期间，最具心灵冲击力的事情是我在传达室收到一位女同学的来信。信里仅仅说了她学习的一些情况，想和我讨论些学习问题，一起进步。我心跳加剧，如临深渊，也没有给她回信。这是我至今回想起来，仍耿耿于心的一件事。我伤害了一颗诚挚美好的心灵。

一年之后，我们的班级搬到了大礼堂下的一间厕所旁边。由于我的骄傲，经常逃课、外出玩耍，且美其名曰"逃学为读书"，我的学习成绩终于退步了。初三之后我到厦门、晋江打工，一段美好的青春岁月也很快结束了。

我的课外阅读经历

最近想写点东西，往往是提起笔来，才发现自己孤陋寡闻、知识贫乏。看别人博闻广记，境界开阔，真是羡慕。诸葛亮《诫子书》里说："淫慢则不能励精，险躁则不能治性。年与时驰，意与岁去，遂成枯落。悲守穷庐，将复何及！"我读来颇有感慨。

回想自己，浑浑噩噩，人生也经历了几十载，真要想起读书的时光，零零碎碎，竟不能成片。我何曾也叫读书人？稍微可以说真正读点书的，回忆起来就一两段短短的时光。一次是我大学二年级的时候，因为生病，休学回家。居住在乡村，未免有些无聊。刚好回家时同学送了我一些书，我现在可以查到的，同学们送我的书主要有两套：一套是《20 世纪中国名家散文精品》，另外一套是《20 世纪中国名家短篇小说精品》。此外，还有我自己买的一些书，剑弘送我的一本《圣经》。林林总总，加起来大概有一小木箱。我久居家中，就闲闲散散地看，几个月的时间，几乎把这些书看完了。那时除了看书，偶尔也和村里的伙伴去溪边钓钓鱼。我有时候也和放牛的伙伴到山上去，时候正是秋天，我抬头看满眼秋色，稻谷泛黄，心中突然生出许多对人生的爱恋。有书、有山、有水，如此人生，夫复何求？

我的第二段读书时间，是在休学过后。我回大学插班，新的同学比较陌生，我就有一段时间常到学校的图书馆去。但是看的都是杂志，比如《当代作家评论》之类。我看这些评论，当然也看一些理论专著，但绝对不是经典著作，可能是能力有限，只有简单一些的评论，我才能看得懂。所以我知道福柯、本雅明、凯恩斯、哈耶克等人，但是我没有读他们的原著，这是现在想起来，很遗憾的事。

劝人读书的文章，或者名家的他传、自传，都说人要成才，要读很多经典著作。惭愧的是，回顾起来，我到现在，读的经典著作少之又少。中国经典著作，读过的就是小学生水平的四大名著（很多人小学时候就读过这些了），和前些年匆匆读的《论语》，加上《警世通言》之类的一些传统小说，

再无其他。至于很多人推荐的二十四史、楚辞之类，从来就是只听楼梯响。外国的书，读得更少。记得中学时候读过俄国作家托尔斯泰的《复活》和《安娜·卡列尼娜》，《战争与和平》则没有读过；英国的莎士比亚、笛福、斯威夫特等作家的书，我则没有读完；法国的仅读过《漂亮朋友》《红与黑》等小说；哥伦比亚的读过《百年孤独》；美国的读过海明威；日本的读点川端康成。想起来，大致就是如此。西方的一些经典哲学著作，原本是想看的，但是因为神经衰弱，头脑常常发昏，一直就读不太懂。比如尼采和叔本华的书，买了几本，一直看不下去，就束之高阁。

我现在看心理类文章，知道小学到初中的时候是最好的阅读时光。我在那个时候，还没有患神经衰弱，是能读书的，记性也不赖，也特别喜欢读书。我记得初一时为了找一本自己喜欢的书，想了种种办法，找不到，失恋一样，失魂落魄，魂牵梦萦。那个时候真有一种读书的饥饿感，但是没有书读。学校的图书馆是不开放的，身边能认识的可以借书给我的朋友几乎寥寥。我初中的时候能看得到的书，就是《青年文学》《散文》《散文选刊》之类，除了《三国演义》《水浒传》等四大名著之外，从来就不知道其他的古代经典，更遑论外国名著。这是我人生最大的遗憾。

现在，有了读书的条件，各种读本几乎泛滥，人们却不怎么喜欢读书了，真是让人徒叹奈何。

我真心希望，现在的中国孩子，能抓住机会，多读点书。

青青南瓜叶

那一年我在城里读书，夏秋之交，突然得了甲肝，住进了医院。我的隔壁住着一位三十岁上下的青年，面貌白皙，患的是乙肝。空闲的时候，他时常过来和我聊天。我因为平生第一次住院，又在远离家乡的地方，满脸的忧愁。"甲肝没事的，不会有后遗症。"我的邻居常常安慰我说。但我依然满脸的忧愁。

我抗不住寂寞，有时也希望他过来聊聊。他挂完吊瓶，往往会过来看我挂完了没有。远从家乡来校护理我的弟弟在旁边，他就教弟弟怎么替我换葡萄糖瓶，怎么拔针头，照顾病人该注意什么。他总是站着说话，说完了，就走回自己的房间去，从来不做太长的逗留。

每天吃饭，上洗手间，我要几次走过我邻居的门口，我发现他只有一个人，没人陪护。他自己为自己换药瓶、拔针头，因为坐着换，有时血流进输液的管子里，很长的一段管子变得鲜红，我看得惊心动魄，暗暗发憷。他却一脸平静。他是第二次住院了，四年前进来过一次，对于医院颇为熟悉。他常常和我谈起医院的典故。谈到护士小朱，那位默默工作、漂亮而异常温柔的女孩，他的语气带着十分的赞赏。

住了一阵，他的病情没多大好转，我暗暗为他担心。但他总是很轻松的样子。有时他也和我说起自己的病，说乙肝比较麻烦，很难治愈。说这话的时候，他并不显得忧虑，轻轻说着，仿佛在讲着一件遥远的别人的故事。他每天都早早起床，在熹微的晨光里做各种运动。那时候阳光一缕一缕地穿过茂密的树叶的缝隙，异常鲜亮。

我们病房的门口，一截围墙下长着一株南瓜，瓜藤爬满了短短的围墙。我和这位邻居在走廊上坐着的时候，他告诉我说，南瓜是一位病友种的，有几年了。这位病友得的也是乙肝，前些日子听说已经死了。我有些震惊，默默地看着眼前这片光景。南瓜毛茸茸而肥大的叶子几乎覆盖了整个院落，这种馥郁和仿佛暗暗沁透出来的绿叶芳香，让我似乎看到一个远去生命的背影。

85

在医院的清静中，寂寞频频来叩访我们的心灵，听着这故事，望着满院生长的绿叶，我的心中百感交集。

此后，我偶尔也用吃饭的罐子给南瓜浇浇水，我的邻居经常和我做着同样的工作。有一天，我们在翻南瓜叶子的时候，发现这株南瓜在叶子的遮盖下已生了几个碗大的果实，我们笑着说等它大一些的时候，可以割下来煮了吃。但是说归说，不知什么原因，我们只用一种独特的心情守着它，每天去看看它，一直到出院。

不久我去做血液检查，发现我的病已经好了。我出院的那一天，秋天的风雨弥漫了这座城市，我在濛濛的雨帘中站在医院的走廊上，怀着些许依恋的心情重新看着这满院落的南瓜叶子，发现在秋雨的洗濯下，这些叶子越发地清亮碧绿。

我离开医院的时候，我的那位邻居病友正准备转到一家省立医院去。我离开后，再也没有他的消息了。但在我的回忆中，还常常浮现他那年轻白皙的脸和满院清绿的南瓜叶子。

休　学

一

在记忆中，1996年10月8日是使人十分凄愁的日子。

那天中午，雨便霏霏了，裹挟着丝丝儿风，有些逼人的寒凉。

我在医院的病房中，拣拾东西，准备离校回家。

急性甲肝——住院——回家休养。我现在准备履行第三个程序。

出院，休学手续都办好了，远从家乡来校护理我的弟弟去宿舍整理东西。

我到街上买了一盒温兆伦的《我们之间两个世界》。

霏霏细雨。

前两天，我写了一封告别信，托人带回宿舍。想着当我回校时，同学们都已毕业，各奔四方，从此天涯互远，再不相见。人生浮萍聚散，令我无限感伤。

教育系的老乡毅伟来，说他逃了课，来陪我，我对他浅浅地笑，不知该说什么。

天黑下来，橘黄的灯火开始散发着独特的魅力——一幢幢房子、树木、楼台栏杆，都被燃亮了。

同学们络绎来告别，坐了一屋。窗外沙沙地响着雨声。

十点。时间静静地到来。

外面有了谈话声。我提起背包，走出去。过道里上来五六个同学，说班里的同学都在医院外等着。

雨声。背包被抢去了。我拍了一下同学的肩膀，又一个个拍过去，拍过去。

走上校园通道，便见橙黄的路灯下簇拥着一群人，默默地在雨中散布成凝固的黑黑的棋子。

他们在叫我了，声音嘈杂起来，我应着，心里热热的。

我们像蚕一般蠕动。

出租车过来了，我移向车旁，几个同学为我安放行李。我拥抱了一下身旁的同学，说："再见!"其他同学蜂拥着过来了。我的心被攥紧了：同学们，

我们就此别过！相识、相知、相聚，只能是一个过程，让我们彼此祝福吧，远去的岁月将永远飘浮我们美丽的身影。

车启动了，我猛然发现站在一边默默注视着我们的女同学，我从车窗向她们伸出手去，扬了扬，再见了！

她们也扬起手。

伞开如花，在十月的寒凉中，在潇潇夜雨里。

二

街灯缓缓流动。长途汽车像一尾鱼穿梭在城市的腹地。

车窗外，烟笼雾锁。

1996 年 10 月 8 日晚，命运旅途，是否又是一次无法返回的歧路？

我默默地降下思想的帷幕。

从此，便要孤守一个人的世界了。疾病是一道栅栏，隔开了面孔、岁月和友谊。

城市的喧嚣将覆盖同学的记忆。

穿云破雾，我熟悉的那座城市，在车轮的转动中，越来越远。

那么未来，未来是什么呢？

泉州。

我从混沌中清醒过来，灯火稀落，星光遥遥。一种离别的酸痛开始慢慢地聚拢心头，我抵抗着，然而泪涌上来了。远远地去了，我的朋友，今夕何夕？我又走在人生的哪一条长路上？夜色迷离，景物疏生，我感觉四周冰凉，裹了裹身上的寒衣，瘫在车上了。

三

时光之流静静穿过生命。故乡的山水一节一节地变换着季节的容颜，红衰翠减，风寒水瘦。我偶尔也收到一两封同学的来信，或者感动，或者平常。然而无论同学，无论我，都感到岁月阻隔间的疏离。我们知道没有任何事物可以一直炽热如初。和世界，和许多故事、友谊相逢，都只是一种偶然。

第二学期，我回到学校，看着同学们毕业，离开校园，而初夏的阳光又一点一点地爬上树梢，我的心底逸出一丝丝的怅惘。

摔 伤

上周六下午，天下着小雨，小区后面的路有些光滑，我急着出去给母亲买东西，走到闽南师大附小门口的时候，前面一小学生模样的骑着自行车的孩子突然左拐，我紧急刹车，电动车轰然摔到地上。我身体左边着地，左脸颊和左脚受伤，左腿膝盖和左脚脚面大量出血。我和车倒在地上，无法凭自己的力量起身，路过的几个人过来把我扶起。我忍着疼，看了一眼脚下，鞋面是一片血红，从脚上冒出的血也同时染红了路面的一个小坑。我看了看脚，血还在流着，急忙往家里打了电话，骑上还能启动的电动车，往路边的卫生所跑去。

我一瘸一拐，勉强进了卫生所，结果是洗创面、上药。这个时候，我才认真地看了伤口，发现左脚脚面上陷下去一个肉坑，满脚的血，膝盖上也较大面积受伤，一片血肉模糊。

我长这么大，经历了数次的骑车摔伤，这一次算是最严重的了。由于行动不便，我只能在家里休养。

记得我刚学会骑自行车那会，有一次骑了二姐的笨重破旧的永久牌自行车，和几个也是刚学会骑自行车不久的同村孩子去官陂镇玩，半路上一个下坡的地段，我的前面一辆大卡车汹汹而来，我一时慌了手脚，加上路面上沙子一滑，自行车往斜坡下的桥底冲去。我在慌乱中跳身出来，往桥头的一个斜坡狂奔下去，等到止住惯性，回头望时，看见我骑的那辆老旧自行车已经摔断了扶手，报废了。桥底下是一片被石匠敲打过的凌厉的石块。后来我想，如果当时我和车一起下去，十来岁的我估计就和这个世界说再见了。回想起来一身冷汗。我骑自行车摔伤，严重的而又有惊无险的就那一回了。

骑摩托车摔伤呢，我有印象的，有过两回。

第一次是刚到漳州正兴的那一年，因为年段刚建，工作非常紧张，有一天下午，也是下雨，而且是暴雨，我骑车在路上，眼前是一片白茫茫，雨水顺着眼镜框往眼睛里灌，我的眼睛刺痛，几乎看不见前方。我因为怕上课迟

到，一直不肯停下来。突然"轰"的一声，我的摩托车就撞在了一个硬物上了。我摔在地上，手脚疼痛，但还能站起来，起身后才看清，摩托车撞上了一辆停在路边的大卡车。这一次小车祸，我的摩托车的后视镜摔碎，前面护板砸破，我的手脚受伤流血，但还能一瘸一拐地走路。

第二次的摩托车摔伤事故，是在前年的一个雨天，下午下班，我从单位的停车场出来，往门口的一个斜坡走的时候，突然发现一辆黑色轿车从右边路口的那个方向驶过来，我也是一个紧急刹车，结果一个跟斗摔倒在地上，伤了皮肉，但不严重。

这一次摔伤，算是我最严重的一次了。我必须每天都到医院换药，上床下地，稍有挪动，脚就剧痛，一副狼狈相。不过由于及时就医，没有造成感染，这是万幸了。

人，总要在摔摔打打中成长。

感　冒

　　前天，我突然感冒了，全身酸痛、四肢发软、流鼻涕、咳嗽、打喷嚏，感冒的症状我基本包揽了。就是现在，打着这些文字的时候，我又轻咳了几下。昨天上午，我长睡到九点，吃完饭，十点左右又赖床了。回想起来，到漳州的这几年，基本没有感冒到这程度的。之前有的只是困倦、咳嗽，很快就好了。那时候带病上课，虽然会有些累，但总怕耽误了学生上课进度，坚持着，也就好了。如此想想，有时候坚持工作倒能够成为战胜疾病的良方。

　　关于感冒，我记忆最深的是大学刚毕业那一年，那时候在后时中学教书，因为星期天回家干活，淋了一场大雨，感冒了。我不太在意，周日下午赶往学校，没想到路上又淋了一场雨，我到了学校，重感冒也跟着来了。我躺在床上，头重脚轻，身子轻飘飘的，正经起不来了。起床的时候，身子是站不稳的。怎样的难受，现在已经不怎么记着了。但就是还记着，吃不了干饭和油腻的菜，看了就有些恶心，毫无食欲。那时是住在张木城老师的隔壁，舍友江小军、木城老师和他爱人知道我病了，很关心，木城老师的爱人雅凤在煮饭时，会多煮些稀饭，再煮个鸡蛋给我，这样的稀饭配白煮蛋，我还是能吃的。一连几天，就是这样坚持过来的。那一次，我真正地体会了"出外靠朋友"的含义。那样的记忆，到现在都是温暖的。在这里，我还是要感谢他们，让我在异地他乡，能感受到困难时的帮助和温暖。

　　后来调到大溪中学，在那里待了七年，我偶尔也会感冒发烧。病了的时候，也有煮不了饭的时候，那个时候因为住的时间长了，认识的人多，有很多朋友都会来关心我。特别是隔壁的江锦才老师和他的爱人陈连珠，对我特别照顾，我经常在他们家吃饭。甚至不生病的时候，我也是经常懒得煮饭，在他们家吃。有时候觉得，朋友是一辈子的事，感谢反而觉得有些轻飘飘的，但还是要感谢，在离开家或是生病的日子里，很多的朋友给我的温暖。昨天同学文锌带孩子来漳州，住在西城大厦，我去看他，也回忆起刚毕业那一会，经常在他家蹭饭的情景。

　　人生在世，生老病死，总是难免的。生病的时候，要的是一份关心，有了这份关心，病人就能更有力量去战胜困难疾病。但是，有时候我们又只能违心做自己不愿意做的事。比如，在正兴学校的这些年，我基本是当班主任的。学生是住校的，不少同学的父母远在他乡，学生生病的时候，有时候会要求请假回家，因为学校规定一周只能让个别有特殊情况的同学请假，对于感冒生病不是很严重的，我总是有些踌躇，在不少时候，我是拒绝他们请假的。回想起来，总感觉有些残忍。身为老师，也只能扮演这样的角色，对学生会残忍一些。记得前天看军事新闻片，一群也是远离家乡的十八九岁的女孩子，参加特种部队的魔鬼训练，教官就对她们说："在这样的训练里，我会对你们很残忍，以此来训练你们的不同常人的忍耐力和意志力、心理素质。"教官和他们讲明白了，我想，那些学员就基本能理解教练的用心。在这里，我要对我曾经有些残忍对待过的孩子说："对不起了，相信你们在成长之后，能理解老师的苦衷。"

　　关于生病，记得我曾经跟不少同学说过："今年要上高一的我的学生郑毅辉，有一次晚自习，发烧到四十摄氏度，他在班级里没有说一句话，一直坚持到下课，回宿舍时，他就晕了，是同学们把他抬到医务室的。就是这位同学，今年中考成绩一千多分，所以，我们说宝剑锋从磨砺出，是没有错的。"

骑自行车上班

去年冬天，气温扎猛子似的，突然就下降了。骑摩托车在路上，风刮着脸和手，刀割一样疼。我就买了一辆有些笨拙的自行车，在大街上做两腿曲线运动。早上上班的时候，往往会遇见一两个也是自行车族的同事，于是并肩而行，一路聊天，不知不觉就到学校了。有时候还可以碰到很久没有见面的朋友，见了面，踩着自行车，优哉游哉地说话，暖暖的友情穿透了四肢百骸，冬天的风，也温柔了许多。

骑了一阵，我发现有不少同事休弃了平时依赖的摩托车，踏着自行车来上班，有如莲花童子哪吒脚踩风火轮一样得意风光。我觉得有些好笑，就问同事，为什么不骑摩托了呢？他们的回答是："防寒，锻炼身体。"于是几个自行车党的精英分子，就总结了骑自行车的种种好处，曰：一是防寒保暖，二是锻炼身体，三是环保省钱。真是省钱健身、环保低碳，一举几得，不亦快哉！

我们是一群私立学校的老师，是不安于现状的跑到海边来抓螃蟹的人。我们平日里工作繁忙到有时候都无法好好地去理个头发，也往往没有过多时间进行体育活动，虽然我们学校的运动场漂亮非凡，但往往只成为我们欣赏的风景。特别像我，一个喜欢在工作之外有一点私人空间来充充电、读点书的人，时间就更加紧迫。往往是一忙完学校里的事情，就匆匆忙忙地回到小小的鸟巢，收拢起羽毛，静静地孵自己思想的蛋。而读书的我们，脑子里装了很多诸如"生命在于运动""身体是革命的本钱"的格言警句，知道身体的重要性，在和时间的拉锯战中，骑自行车上班，为我们在繁忙中开辟了一条通往健康的道路。

有一次，下班的时候，我和一个自行车党的忠实信徒一起算每天骑自行车的运动时间。结果是，每天上班运动时间为十到十五分钟，下班时候略同，一天往返四次，每天自行车运动总量为四十分钟到一小时不等。于是，我们欣欣然曰：运动量足够了。

　　自行车运动让我们骄傲、高兴。在小车成群、摩托车流汹涌的大街上，有一群脚踩自行车、肩挎手提电脑的人匆匆而过，我们成了街上的一道风景。我们为环保事业做着力所能及的贡献——汽车的汽缸吐的是有害生灵的尾气，我们身体上散发的是能够温暖冬天的热气。

消失的睡眠

昨天晚上，睡到半宿突然醒来，我就怎么也睡不着了。这对我是个常态，我一直都能泰然处之。

其实，近几年以来，失眠已经不怎么来找我了。我失眠最严重的时期是高中阶段。那时在九峰，读平和二中高中部，由于我之前有神经衰弱的症状，加上高中课程紧，神经紧张，失眠就天天和我约会。最严重的一段时间，是每天都睡不着觉。晚上睁眼到凌晨四五点，眯一会，六点多就醒来，或者有时候根本就一夜无眠。中午也一样睡不着觉，记得有一年端午节，一位同学从家里拿来几个粽子给我，我吃了，那天中午居然睡着了一会。我非常惊异。后来失眠严重时，就又到处去找粽子，但是却失灵了。

我睡不着，时间久了，就脑壳疼，从前面太阳穴一直疼到后脑，到脖子。有时候，我发疯一样想喊叫，但终究喊不出来。我记得最严重的时候，我脑子已经完全迟钝麻木，甚至连一加一等于几，也一时半会想不起来。由于这样，我特别怀念小学到初一的光景。记得小时候在老家读小学，我天天晚上和小伙伴在夜里奔跑疯玩，到晚上八九点钟再回家睡觉，从来没有失眠。那时我的脑子也灵光，读小学五年级的时候，语文老师是江寨来的江俊良老师，他要求我们每篇文章都要背诵。教室的墙上贴了一张大牛皮纸，牛皮纸上罗列了每位学生的名字，名字后面记载着我们背诵课文的进度。每篇文章背诵完了，就在名字的后面打个勾。那张牛皮纸，一直是我的骄傲。因为我的名字后面一直是打钩打得最多的。我基本会在老师上课之前就把课文背完，班上几乎没有人能在背诵课文上追上我。我的记忆里，我也没有花太多的时间背诵，只是在早晨母亲起来煮饭后，我随着起床，把课文读上几遍，就基本能背了。后来我考到平和一中读初一，睡眠和记忆仍然很好。记得刚去平和一中时，是住在大礼堂，偌大的一个礼堂里，住了一百多号学生，从高三补习班到初一新生，浩浩荡荡。我的铁架床在过道边，枕头边常常有人头晃动。但是我只要一挨枕头，就梦游太空，优哉游哉。那时的学习成绩也挺好，初

95

一的整整一年时间，我几乎是稳占班级第一，俾睨群雄。当然年段还是有几个对手的，但我在班级独占山头，就有些不可一世，觉得学习不过如此，大侠我可以秋风扫落叶，一点困难都没有。后来就和高年级的几位老乡常到外面玩儿去了，不管晚自习期间，还是白天上课期间。有一段时间，我有些神龙见首不见尾，班主任带了几个学生到我宿舍找我，结果总是扑空。

这样过了一段，由于我经常没去上课，初二时候我的成绩开始下降，降到班级第六了，我觉得很没面子，就更不想去班级上课了。开始失眠是到了初三的时候，那个时候，我的成绩排名已经降到班级近二十名了。有一次考试，是期中考还是期末考，我已经忘了，反正是考化学的前一天，我在傍晚开始看化学书，因为此前很少去上课，所以内容都很陌生，就死命地看，字字斟酌，这样一直看到第二天凌晨六点，我基本上把没上的课补齐了，但是脑袋开始疼痛。我记忆特别深刻，那一次起，我和失眠开始约会。

之后失眠就一直陪伴着我。我去打工，流浪，再到高中读书，一直想摆脱它，但失眠还是对我深情款款，常常尾随而至。这样的情况，一直到我读大二才有所好转。但是我的睡眠质量差了，很难进入深睡眠状态，记忆也大不如从前。

我和失眠陷入了持久战争，常常面对，相对无语，像极了一对冤家。

我后来有意识地查阅一些有关失眠的资料，了解到：2014 年睡眠调查报告显示，有近六成国人入被窝后难以入眠。这个世界似乎进入了一个普遍焦虑的时代。我中学的时候读范仲淹的《苏幕遮》，词中有这么几句，"夜夜除非，好梦留人睡。明月楼高休独倚，酒入愁肠，化作相思泪"，读来觉得非常美妙，动人心魄。现在看来，发现范仲淹也有失眠的记忆。法国文学家卢梭年轻时也患有严重的失眠症。看来古今中外，失眠对于还在生活、在思考、在爱恋、在努力、在挣扎的人来说，概莫能外，一视同仁。

广州，另一种人生

这次国庆，我和家人李老师买了前往广州的车票，去看老师。

2014 年 10 月 2 日傍晚，漳州的天空有些灰暗，我们在漳州颜厝火车站上了 K230 次列车，在黄昏的凉风中，渐渐穿入异乡的夜色。

3 日凌晨，在广州东站川流不息的人群中，我们拖着大大小小的行囊，第一次踏上了广州的土地。

在以后的日子里，想起广州，我定然会记得第一次搭地铁的情景。第一次走到地铁门口，看着车厢里斑驳的广告，让我误以为走到了哪家西餐厅。我应该也会记着地铁报站是有很清楚的线路指示的，一条红线蜿蜒前行，指示着你到达的站点。科技的进步，正日益改变着人们的生活。我们可以在城市的腹地里，来回穿梭，宛如孙悟空穿进铁扇公主的肚子里，但城市是绝不叫痛的。人们可以在地球的腹地，经营另一片精彩的世界。

广州，这样一个有着 1200 多万人口的城市，到处传唱着精彩的人生。我难以想象所有离开家乡到广州谋生的异乡人的奋斗故事，或精彩，或辛酸。但正是因为有那么多人的奋斗，铸就了广州的繁华。在广州白云区的某个街道，沿街路面，我们可以看到很多非洲人的面孔。这些来自异域的一群人已经习惯了在广州的生活，把异乡当成了故乡。我不能不感受到广州的胸怀和包容。这个沿海的省会，正日益成为世界级的大都市。虽然在老城区，我们还能看到有些破旧的路面，有些斑驳的房子，但这个城市经济的发展却是不容置疑的。

在广州的第二天，我们和老师的一个朋友一起吃饭，老师朋友的孩子今年刚刚大学毕业，到一所小学教德语，刚刚上课一个月，据说工资就已经有一万了，这在和广东比邻的福建，是很令人叹为观止的。

广州，另一个让人印象深刻的特点是"蜘蛛网一样的路"，4 日上午，我们和老师到歌厅唱歌，一起来的还有老师的朋友和老乡。走的时候，因为我们

要去图书城看书，一位一起唱歌的大姐说是顺路，带我们出去，但一出大门，她就有些懵了。虽然她到广州已经有二十几年，算是老广州了，但因为导航失灵，大姐有些找不着北了，于是她只能停下来鼓捣车上的导航系统。她说，广州的路就像"蜘蛛网"一般，即使是老广州，没有导航，也是很难找到正确的路线。好在鼓捣一会，导航终于吱声了，大姐的导航非常仔细，过一小段路就报一次路线，过一小段路就报一次路线。我们就像在蜘蛛网上爬行的蜘蛛，一点一点收集着天空的指示，才能找到回去的路。

3 日晚上，我们和陶老师一起到大剧院看演出。8 点的演出，我们 7 点就到了，在剧院门口，抬头看广州的夜，我第一次真实地感受到繁华似梦。高耸入云、流光溢彩的楼宇夜景，恍然间把我带进了一种梦幻世界。繁华，我今天终于懂得了它的真实含义。

对于广州，我的感受是复杂的。我也知道，很多到广州打工的异乡人，经历的是不一样的人生。4 日晚上，我们去白云区开店铺的表弟那里。在同和转车，上了 747B 公交车，婉婉转转，曲曲折折，车进了群山环抱的乡村小路，又是兜兜转转，最后在一个乡村的路边停下，在路边等候的表弟带我们到一家饭馆吃饭，表弟媳妇因为要看店，没能出来一起吃。吃完饭，跟着表弟，又是一番兜兜转转，才到了表弟开的店铺。他们夫妇开的是一家杂货店，说是一天也能卖上 1000 多块，盈利大约在 200 元，但是房租每天就得 70 元，所剩只有 130 元了。表弟一家四口，大女儿在老家读书，小的孩子在他开的店铺附近就读。表弟媳妇说，最让她惦记的是在老家的大女儿，一年没能见几次面。话语轻轻，我却听出了一种辛酸。表弟说原来他的店铺是开在同和的，但是后来房租太贵，就一直迁徙，移到深山密林的农村来了。我所知道的是，在广州的表弟，绝不是最辛酸的，很多到广州打工的外地人，比他还辛苦得多。这就是繁华后面的另一种人生。

这，也是我略微了解的广州。

北 方 印 象

　　已经几次前往北方了，一直没有记录下一些感受。因为路程总是匆匆，感受也总是浅薄，如果一定要写，文字肯定也是飘忽的。但我还是想写点什么。

　　去往北方的路上，沿途的风景就是杨树、杨树、玉米、玉米。记得第一次到北方，我有些兴奋，凌晨3点多就从车厢的被窝里起来，坐到列车窗口，看窗外风景呼呼而过。那是我第一次大规模看到排在路旁的杨树。当然，那个时候，我并不知道那是杨树，只觉得是一种有异于南方的景象。但一路北上，还是如此。安徽、河南、河北、北京、辽宁、内蒙古，北方辽阔的大地一览无余，我渐渐觉得有些单调了。

　　最近这次去北方，我终于近距离地拍下了杨树的叶子。那是一条小道，两边都是高大的杨树。我清晨起来，去散步，走过那一片树林，北方清晨清凉的空气深深地感染了我。我拿起手机，拍下了一种亲切的记忆。

　　北方昼长夜短，前面说过，我在列车上时，凌晨3点多醒来，看见车窗外晨光熹微，就爬起来，以为已经早晨6点多了。我坐到窗口，翻看了一下手机，才无比惊讶地发现居然是凌晨3点多，但天已经亮了。有一小会，我以为自己的大脑神经或是手机出了问题。后来到达东北，晚上快9点了，天还是亮着，也让我十分惊讶。因为在南方，即使是在夏至，傍晚7点半以后，天也一定黑了。这真是地域不同，便昼夜长短各异。

　　在北方，还给我一种感觉就是土地辽阔。不管你走在哪一条路上，路面总是宽阔平坦。北方民居，单层的多，但四五间连着，门前还有一片阔大的院子，四周是半人高的围墙，院子里面种菜、种树，或者什么都不种，留下一片开阔。北方的公园也是开阔辽远，让你走到气喘汗流，还是看不完全景。不像南方的公园，几句话还没说完，就走到了尽头。

　　在北方，你还可以吃到味道浓厚的炖菜。通常是豆角炖肉、炖猪肘子。北方人喜欢吃生菜、黄瓜、大蒜、大葱等，蘸酱吃。这是通常的吃法了。还

有吃生茄子、喝生水。这是我有些惊疑的地方，生菜都不带细菌吗？古人茹毛饮血，北方人虽不吃生肉，但菜是吃生的多。我不知道这与南方比较，哪种更加科学，或者是因为地域不同，而各具特色。在北方，说到吃，是离不开饺子的。饺子好像是北方过大节的标配。据说，北方人过年如果不吃饺子，是不能称之为过年的。有贵客临门，最盛大的欢迎仪式也一定是饺子。

北方人喜欢喝酒。喝酒的时间和我老家的喝法有异，他们通常是饭前喝。不用过节或是结婚生子等喜庆的日子，在有些家庭，几乎每日三餐，在饭菜端上桌时，同时上来的还有一个酒杯。咬根大蒜，就可以喝上两杯。喜庆节日的时候，和南方人一样，是无酒不欢的。一杯酒、一桌菜，喝酒配菜，吃菜喝酒。当然这菜基本都是肉类菜。北方人喜欢吃肉，大块炖肉、卤肉、烤肉，香气扑鼻，令人大快朵颐。

北方人饮食的另一个特征是吃得咸、口味重。去北方的时候，我炒的菜北方人是基本不吃的，因为太淡了。由于喜欢吃肉，又吃得咸，北方人得高血压和心血管病的人比南方多，不少三四十岁的人就有了高血压、脑血栓、心血管病。在北方路上走的时候，我们遇见的拄拐杖的人也多。

当然，北方人更加有异于南方的，应该是他们的性格文化，当然这是深层次的问题了，我就简单说这些吧。

辑三

消失的田园

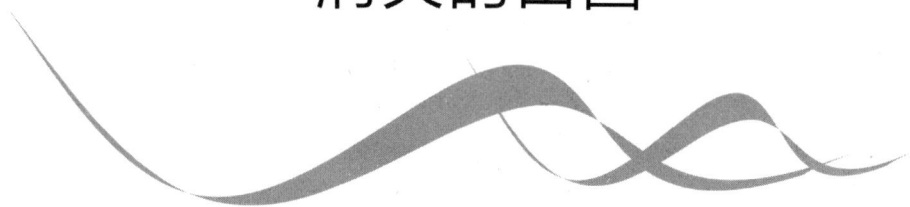

想念老家桥子头

不忙的时候，我会突然想给老家的亲人朋友打个电话，聊一聊，也没什么特殊的事情。我常常会想，会跟亲人、老家的朋友说，很想回去住几天。说归说，这点小小的心愿总是没能实现。原因是我们兄弟离开老家已经多年了，老家的房子是新建的，从来就没人住过，生活用品也不齐全。每次回老家，只是在镇上走走，去大哥的店里看看，说说话，就回漳州了。几乎每次回去都是跟三哥的车一起走，即使到晚上了，也照样可以回到漳州，所以每次回去都不过夜，当天往返。有时候想想，为什么要那么匆忙呢？连一点小小的心愿也无法实现。

我的老家，是在福建南部的山旮旯里的一个小村庄，叫桥子头。我的整个童年，都在那里度过。记得小的时候，读小学吧，总是走出村口，到一千米外的地方去读书，那是廖安村的村委会所在地，小学就建在村部旁边。我一天天地走在那样的一条坎坷小路上，爬上一个坡，下一个坡，就到了。回来时也一样。原来以为一直走下去，就是我的生活，没想到会离开那样的小山村。

我是小学毕业后离开我的家乡的，到五十多千米外的平和一中去读书，去求前程。家里人很高兴，因为我是我们村第一个到县城去读初中的孩子，他们对我寄予很大的希望。从那时候起，家就是我的旅店了，我成了一个旅人，漂泊在异地他乡。年轻的时候，很为自己能够离开家乡高兴，我记得作家贾平凹曾经说过，说人要有出息，就要到大城市里去。可惜我走了多年，并没有走到大城市，兜兜转转，大学毕业分配的时候，还是回到了家乡的一个叫后时中学的乡村学校去教书，经历了多年，才从那样的山村走到了漳州市区，也并没有成才，依然为生活而疲于奔命。

虽然没有到大城市里去，但是也终于离开了家乡，到一个三线城市里求生活。一晃人就到了中年。没有成就，无法衣锦还乡，却常常想念起家乡。有时候我在电视，或是微信图片上看到类似老家的一些风景，就非常喜欢，就

突然很想念老家，想念那个叫桥子头的地方，想念村口的那两棵老枫树，虬枝苍老，秋冬里落叶满地，但一到春夏，就重新翠色欲滴，生机勃勃。我的老家的老房子，由于多年不住，已经土墙斑驳，屋瓦破损，摇摇欲坠。但每当我看到它，一种温暖的情怀就会酸酸地缠绕在心间，那是我曾经居住的房子，是我的衣胞之地，我是在那老房子里出生的，一直住到十几岁，才离开它，它已变得无比沧桑。我知道，总有一天，它会轰然倒塌，会离我而去，带走我人生最初的温暖和记忆。

我的老家桥子头，是一个不起眼的地方。你无论在哪样的地图上，都很难看到的一个小小的村庄。人口一直都不超过百人。我记得我还在老家的时候，我们村子的人口就徘徊在六七十人左右，我走出乡村多年以后，人口似乎有所增长，但好像也不到一百个人。那么小的一个村子，白天、晚上当然是寂静得多。村口横亘着一道丘陵，遮住了村里人的视线，所以村里的人，平常里只能看到几十米外的土坡和花草。我们村里有一个老人，九十多岁了，据说一辈子去的最远的地方就是离我们村五千米外的镇上。方圆几里地，铸就她百岁的人生。村里人少外出，日子过得安详、平和，但也多少有些与世隔离。中国的改革开放潮汐漫涌，到我们的村子里，也只是余波缕缕。其他地方的人，有不少在这样的浪潮中到外地淘金，成了富翁。虽然年轻人也外出打工谋生，但我的乡亲却没有一个因此发财致富，他们都有些老实本分，少能进取。

在这样的一个小山村生活，性格容易变得拘谨，把所有外面世界的人都看成城里人、能耐人，对他们毕恭毕敬，甚至诚惶诚恐。我小时候偶尔会跟大人到镇上去，镇上的孩子见了我往往会欺生，我就躲在大人身后，急急地想回家。有时候，镇上的人也会到我们村里去，看他们来了，村里的小孩子大多是躲避，怯怯地看，盼望着他们早早离开。由于这样的秉性，有些镇上的人就会看不起我们，说我们是"山面人"，于是我们就更加惭愧。

长大以后，虽然到过一些城市，甚至到过北京，行程横贯祖国大江南北，但始终记得的还是我那小小的山村，那个叫桥子头的地方，到现在，我很愿意做一个"山里人"。

去爬爬灵通山

作为家乡人，总会在某个时刻想起灵通山：那高耸的岩壁、巍峨的峰峦、缭绕的云雾、迷人的传说。

很小的时候，我就知道灵通山了，应该是五六岁的光景吧。记得那是因为我的哥哥姐姐在某个时刻，会和老家人，或是同学朋友去爬爬灵通山。但我总觉得平淡，没有去游览的欲望，其实我那时也走不了那么远的路。只当它是一个需要爬着上去、比较陡的山罢了。

后来在一个春节过后，我和家人去了一趟灵通山。上山的路上，除了一路上弯曲幽深的羊肠小道，漫长的爬山过程，我所记得的就是一路的阴凉。脚底下是腐烂的树叶、一股清新得穿透心肺的空气，以及一路绕肠醒目的鸟鸣。到了观音庙脚下，人是一群一群地挤在狭小的岩壁石道上。上面的人似乎垂直地踩着下面人的头顶，攀天一样。我想，要是跟着前面的人走，不知道要等到何等时辰，于是就攀岩上去。在一面陡峭的岩壁中，手抓岩石凹凸的地方，猴子一般，缩身而上。我们小时候在老家岩壁上经常举行攀岩比赛，这时候派上用场了。长大以后，再到那个地方，看到那面曾经爬上去的陡峭的岩壁，手脚会有些发凉。

直至到了观音庙，我站在凌空陡峭的观音庙殿前，极目远眺，真有高山万仞、羽化成仙的感觉。

我到灵通山，是不拜佛的，长大以后，有时也会随着旁人烧炷香，算是应景。拜完观音，我会沿着一条石砌小道，去旁边的亭台看风景。那条小道的边上，有几处水流出口，旁边是挂了"七井排星"的牌子的。这是灵通十八景的一景。但那井里的水，我总感觉不如上山路上的水干净清澈。在上山沿途的小道旁边，你如果能够侧身绕过一些岩石，就会看到岩石底下，有一泓婉转、清澈如镜的水流，那水的清澈冰凉，是我长大到现在，唯一感受到的最清的泉流，和着音乐般的声响，潺潺而下。在那样的清流里，你如果有足够的耐心和足够的运气，就有机会看到一种可爱的爪子像人的小手一样的

鱼悠游其中，人称"娃娃鱼"，是一种难得一见的鱼类。

"灵通十八景"具有险峰、奇石、飘云、清泉、幽谷、迷洞之秀，素有"小黄山"的美誉。2012年入选国家级风景名胜区。据说其地形是1.13亿年前由陆相沉积，火山多次喷发形成的深切割中山地貌类型。但对于自然风光，我常常只是一眼而过。我更关注的，是景区的文化传说。

灵通山又称大峰山，相传明黄道周为大峰岩题下"灵应感通"四字后，人们始称大峰岩为灵通岩，把大峰山称之为灵通山。相传唐时"开漳圣王"陈元光就在灵通山狮子峰上设置巡逻台，其父陈政的墓冢也从云霄的将军山迁葬到狮子峰巅。明朝大学士黄道周、大理寺正卿陈扬美、太常寺少卿陈天定等人未入仕时，传说都曾在灵通岩中攻读圣贤书。这样的传说，给了灵通山以灵魂，这是一眼看不透的风景，我常常在这样的传说前遐想联翩。据民间传说，及第之前的黄道周居住在灵通山，为了谋生，到离现在的大溪镇政府一千米远的国民党副主席江丙坤的祖籍地江寨村教书。传说中，黄道周是骑着老虎到江寨村上课的。当然这只是传说，我也不知道黄道周究竟有没有到江寨村教书。我所知道的是，明末清兵入侵，黄道周临危受命，战败被俘，绝食以示己志。临刑之前，他慷慨悲歌，血书"纲常万古，节义千秋，天地知我，家人无忧"，这样的泣血歌咏，流传数百年，让我初读之时，感慨击节，数度泪涌。

我有几年是在大溪中学教书的，那些日子里，傍晚或者周末时光，会约上几个同事朋友，骑上摩托车到各处逛逛。这些地方当中，最常去的还是灵通山。我们经常会到灵通山脚下的新荣水库走走。夏天在水库堤坝上吹吹凉风，秋天在水库边上看看风景。这个时候的水库，清凌凌的水面定然会映照出灵通山的各色绮丽。青山如黛，湖面如洗。湖光山色，真能把人的一颗心带到很悠远的地方去。离开大溪的前几年，我们几个比较好的朋友，也经常会去爬爬灵通山，爬到半山腰，一路阴凉的风、蓬勃的树，就是最好的风景。由于景区修建，曾经的小径通幽、娃娃鱼再也看不到了。想到这些，我的心里会有一丝丝的堵塞。

清幽的鸟鸣

早晨，我早早醒来，赖在床上想着心事，突然听到一阵鸟鸣，清澈圆润、晶莹透亮。我心情大振。

关于鸟鸣的记忆，最多的是在童年的时候。记得我小的时候，没有像现在的小孩子一样有许多玩具手枪、动画片、故事书可供娱乐，但我却有很多和大自然接触的机会。鸟声上下，留给我甜蜜的回忆。

小时候，许多个清晨，每当我从有些坚硬的木板床上醒来，都可以听到一阵鸟鸣从窗外传来，长长短短、圆润清幽，令我心情愉悦。

长大一点，我就会和几个哥哥到山上去掏鸟窝了。我二哥、三哥在这方面都比较厉害，他们是爬树的高手。记得我们村子前面的山坡上，有一棵苍老虬劲的大树，树上的一些枝丫已经枯萎了。这样的树，树上常常会有一个鸟窝，我们在树下可以听到小鸟尖细的叫声。许多小孩子站在树下，却只能望树兴叹。小时候爬树，母亲是绝对不允许的，怕孩子出事。二哥、三哥他们会选一个母亲外出的日子，爬上这棵老树，抓几只活泼泼的小鸟。

因为二哥、三哥善于上树抓鸟，我们家经常会养一些小鸟。这些鸟绝不是被关在笼子里的。因为我们是在小鸟还无法飞翔的时候就开始养的，所以不担心小鸟会飞走，也就不必用鸟笼子把它关住。养了一阵日子，小鸟会飞了，也不会远走高飞。我们和大人到山上田里去劳动，小鸟会高高低低地飞在我们头顶，或者停在我们的肩头，发出清脆响亮的鸣叫，伴随我们骄傲、昂扬的情绪。

养鸟的日子，也有不祥的记忆。我们后来经常会回忆一只全身有着乌黑金亮羽毛的小鸟，刚学会飞翔不久，经常跟着我们，我们只要打一声呼哨，它就会低低地飞来，停在我们的手上或肩头上，和我们亲昵。有一天，二姐在灶前煮饭，这只鸟儿从门口进来，直接向二姐飞去，二姐在烧火，头上是已经煮开了的蒸腾的热气。这只小鸟飞过铝锅上面的时候，突然掉到滚烫的稀饭中。当二姐急急忙忙地把它从锅里捞出来的时候，它已经无法再动弹了。

　　我们为这只小鸟难过了很久，以后就不再养小鸟了。

　　小的时候，山上有各种各样的鸟儿，都能发出动听的声音。特别是伯劳，声音动人而且多变。也有一种鸟儿，拖着长长的色彩靓丽的尾巴，我们叫它长尾鸟。在我们家门前的山上，这种鸟经常会在清晨的时候发出悠长悦耳的鸣叫，把我们从睡眠中唤醒。

　　后来我到了离家很远的城里读书，就很少听到清晨的鸟鸣了。即使偶尔听到，也是一种简单的声音。我不知道是否是城市的生活没有鸟的鸣叫，还是时代的变迁让鸟声逐渐绝迹。在外面讨生活的日子里，我的心灵也逐渐麻木迟钝，只有听到鸟鸣的时候，才会有一种春天的感觉在心里升腾。美学家乔治·桑塔耶纳在一次讲演结束时，看到学校的树上有一只知更鸟在鸣叫，说："对不起，诸位，失陪了，我和春天有个约会。"我想，我也很渴望能在又一次缤纷的鸟鸣声中和春天有个约会。

清明烟雨中

一年一度，清明以季节轮回的方式不断在我们的生活中闪现。这样的轮转，让我们这些生活在城里的乡下人有机会一年一度重回故里，走进自然，祭奠先祖，抚慰心灵。

走在小时候无数次走过的山野田畴，记忆从岁月的遮蔽中渐渐苏醒。许多熟悉又陌生的山冈和田野，渐渐地从大脑沟回中款款走来。小时候迫切想离开的农家环境，到如今都成为一种亲切的怀念。走进自然，对于生活在钢筋水泥、车水马龙的人们，成为一种诗意的点染、灵魂的栖居。

在渐行渐远的生命航线上，我们不断地老去和遗忘。清明的来临，让我们在和前人先祖的对望中，找回一些经过的历史和成长的足迹。我的十四代先祖，墓碑上清清楚楚地写着"嘉庆"字样。站在墓碑前，我似乎可以清楚地看到我的先辈长辫长衫的样子。此时此刻，历史成了一面可以对望的风景，于一瞬间鲜活起来。

我父亲的坟墓，坐落在一条省道的边上。我估想着，父亲在他的孩子们都还小的时候，一个人去了遥远的天堂，一定还怀着一些挂念，于是选择了站在这样的一个路口，希望每当他的孩子从故乡的小道上外出学习、谋生时，都能看上一眼孩子成长的模样。

我们走过一道道山冈，披荆斩棘，寻找先人安眠的地方。从十三代起，一直寻访到我的父亲和父亲的弟弟。行走中，一路杂草葳蕤，荆棘丛生。先祖们安眠在一个个小小的窝巢里，或许白骨已销，但这些地方，是他们魂灵的居所。每年，当清明的烟雨细密洒落时，他们一定在等待他们亲人探访的足迹，等待坟前的烛火和青烟袅袅升起，等待米粿烟酒的香醇味道，等待看一眼相传百年血脉的影子。在满蓄泪光的视线里，我道一声亲人安好。

行走于清明烟雨之间的我，并无"几番提笔无言处，尽是清明有泪时"的感伤，虽然我父亲早早离世，但父亲在我心间，不只是言语故事里的一个人物。我记挂的，是这些长埋故乡的先祖，他们是我的亲人，他们固守在生

我养我的地方，和熟悉的山川河流融为一体，守护我生命的源头。

走在异乡坚硬的马路上，我常常会想起我的故乡，虽然她依然不甚富裕，但那里有我小时候生活的轨迹，所有的乡间小道上都叠印过我的身影，留下过我浪漫绚丽的梦想。我现在偶尔回到故乡，和唐朝的诗人一样"儿童相见不相识"了，但我依然熟悉地记着所有山脉溪流的样子。那个时候的山，像如今的许多中年男子的脑袋瓜一样，顶上只留下稀疏的一些毛发。那时候的溪流是清亮的，村民们每天都会到溪里洗菜，洗完的菜，直接就可以下锅。在这样的溪流边上，早饭一过，就会有一群中年妇女挤在溪边的石岩上，用木棒子捶打男人、小孩的脏衣服。后来我读书，读到唐朝诗人李白的"长安一片月，万户捣衣声"时，总会想起小时候故乡小溪边的情景。

小的时候，溪里是有鱼的，我们一帮贪玩的小孩，在周末或节假日，不用放牛干活的日子，就经常会到小溪里去摸鱼。我的一个小伙伴，还曾经把摸到的鱼放在石壁上晒干，直接就吃了。抓鱼的另一个方法，就是找一种植物的根，捣碎了，挤出根里白色的汁水，将这样的汁水倒进水潭里，过一会，潭里的鱼就会翻白肚，漂到水面上。我们再用一个筛子打捞，鱼就进了我们早就准备好的小铝锅了。

小时候，故乡的人们还常常到山上去摘一种叫多尼的野果。季节大约在中秋前后，山上的一些小灌木丛里，会长出一种紫红色的果子，果子要等到紫得发黑才可以摘，要是摘早了，就不好吃，有些发涩。中秋节那天，我们家乡的风俗，晚上要带些月饼或花生，到月光下邀月共享。那个时候，除了月饼和花生，我们也会带上一些野果，在月光下享受美食，我们常常带的野果就是多尼。小时候在山上，小孩子不仅有野果摘，还可以玩一种坐滑车的游戏——找一段斜坡，捡一些树枝垫在屁股下，从斜坡的顶端咕溜溜滑下，有一种飞翔的感觉。不过这种游戏的后遗症是，容易划破可怜的裤子。

这些60后、70后乡村孩子们的快乐故事，是自然和故乡给他们的馈赠。现在，只有清明到来时，我才有机会回到这些曾经留给我快乐的地方，寻找一段乡愁。

说 说 小 镇

翻开日历，发现已是2013年9月28日，再过两天，就国庆了。记得前些日子，在QQ空间里码了一点文字，因为操作不当，文章丢失。此后因为忙，就再也没有生活记载。一方面因为我的懒惰，一方面因为我生活中的小镇，生活节奏缓慢而单一，无可记叙。

开学一个月以来，一直生活在这样一个简单的小镇，能留在记忆里的东西，只是零碎。在回望的视线里，只剩下停停走走的某些足迹，淡然在岁月的长廊中。这样的日子里，我仿佛总会看到自己苍茫的背影，在这个小镇秋天的凉风中前行。

我现在生活的背景，基本定格在这样的一个小镇。记得七八年前，或者更早的十四年前，我对这样的小镇，是缺少诗意的内心视角的。我经常一个人在夜里，伏在昏黄的灯光下，写一些惨淡枯燥的文字。现在想来，那时的生活，确实是缺乏有力的精神支撑的，就是所谓的内心不够强大。现在，我觉得，这样的一个小镇，虽然有些落后、不够时尚，但也不乏宁静，人们的生活是悠然的。无论上午下午，白天晚上，总会看到闲适的人们，聚在一起泡茶抽烟、山聊海侃。傍晚时候，也会有一些懂得养生的人，闲闲散散地在路上行走，三五成群，闲谈散步。秋天刚到，南方的城市还覆盖在一片闷热中，但是这样的小镇，夜晚的风，已经格外凉了。我的窗外，是一抹山峦，我总会发现满天满地绿的叶子，地毯一样厚厚地覆盖在圆锥形的小山上，让人倍感亲切。而门前，是一株凤凰树，枝枝丫丫，努力向上，伸展成一树婀娜。

我住的学校的门前，有一座小桥，桥有一个美丽的名字，叫鸿溪桥。桥的两端，有饮食店、理发店、服装店以及各类小型商铺。这些店铺能满足生活在这里人们的基本需求。小镇安逸而清净。没有人流如梭，没有车水马龙。小镇地处福建的南端，和广东比邻，大部分小镇上的中年人和年轻人去了广东，做点小生意，或者到工厂里打工。小镇上的人，到广东开烟茶铺的多，

生意做大一点的，就开个批发店；做得小的，就自己蹲守一个店面，卖点香烟茶叶，或者其他物什，每月也能赚上万儿八千左右，除了够自己生活外，还能寄些回家，养活老人和小孩。

因为年轻人外出多，出没于小镇的，就剩下一些留守儿童和老人。这些人的消费有限，所以小镇上的店铺生意大抵是清淡的，不少店面到晚上九点左右就关门，留下来的是那些饮食店，却常常可以经营到夜里两三点。小镇上吃吃喝喝的风气，很是盛行。特别是每年的三四月间，这个小镇上有一种拜五帝爷神的习俗。这两个月期间，每个村庄的每家每户，都要请神拜神，期间还要请亲戚朋友到家里吃面。当然，说是吃面，桌上鸡、鸭、鱼、肉、啤酒、白酒是少不了的。住在小镇上的人，人缘好的，基本上这一两个月时间是不用煮饭的。

镇上的主体部分是店前村。在店前村和隔壁的庄上村之间，流淌着一条小河，这条小河宛若一条柔软的飘带，穿梭于两个村庄之间，把小镇上这两个主要的村庄隔成了楚河汉界。每天清晨，河的两边都会有一群妇女蹲在堤岸下濯洗衣服。这个小镇的镇政府，坐落在这条小河的岸边。镇政府旁边有个大世界购物商场，商场的老板是县城人，镇上的这个大世界购物商场是县城大世界购物商场的分店。有了这个分店，小镇也算有了比较大型的商场，为小镇上的居民购物带来方便。

沿着镇政府门前的道路往北，兜兜转转走大约七八里路，就是这个小镇上闻名遐迩的国家级风景区——灵通山。在外地生活的小镇上的人，向外人介绍自己的家乡时，说小镇的名字别人基本是不知道的，但一说灵通山，他们就会恍然大悟，知道这个小镇的基本位置。

店前村对面的庄上村，前些年因为发现了一个世界上最大的土楼——庄上土楼，逐渐有了名气。庄上土楼虽然号称是世界最大的土楼，但因为没有开发，风景单一，比起同地区的南靖土楼、华安土楼，名气小很多。虽然可以免费参观庄上土楼，但游客却一直没有南靖和华安的多。

消失的田园

　　接到大哥电话，说老家要大规模建房子了。我问建在哪里，大哥说是建在村子前的那一片田地里。我不禁诧异惋惜。离家多年，梦回故乡，眼前总是浮现出老家村前的那一片田野。那里留下了我很多童年的记忆。而现在，那片田野就要消失了。

　　记得小时候，我们一帮差不多大小的孩子，总喜欢奔跑追逐在秋天收割完毕的田野上，那里似乎是一片广阔自由的令我们无限遐想的天地。我们常常在那里边推稻草、捉迷藏，田地里播撒着孩子们欢快的笑声。我们用稻草堆墙垛，砌城堡。秋天的晚上，金黄的月光水一般地漫涌在山村的四周，远山如黛。我们举头望月，月亮在云中穿行，我们在变化的月色中追逐水中的月亮。到月色昏暗，我们躲进稻草的城堡里酣睡，直到大人揪着我们的耳朵，把我们拉回家去，仍然依依不舍地回头看自己经营的稻草家园。

　　我很难想象那样的一片田野变成一群火柴盒建筑物的样子，那会是怎样的一种情形？听到这个消息，我心里总有一丝难忍的疼痛在蔓延。我们村子里田地不多，记得小的时候，我们村的粮食基本都是在这一片田地里收割的，要是失去了这样的一片耕田，老家的农民还有哪里的田地可以耕作呢？清明节那天，我和母亲、几个哥哥姐姐到了很久没有去过的留下童年欢乐记忆的故乡的山野田畴，发现太多的田地都已经荒芜，漫山遍野里芳草萋萋，儿时记忆中的风景已经完全消失。我无可抑制地感到难言的惆怅。

　　我知道，这些年来，老家的年轻人都到城里打工去了，农村的人口在涌向城市。这些年来，在我走过的地方，我看到了太多的农田变成钢筋水泥房子的景象，这未免让我感到忧虑。我在想，我们失去的田野是不是太多了？人，真的可以仅仅凭借钢筋水泥而生存吗？在一片房地产建设的洪流中，我们会不会失去其他更多我们没有意识到的许多东西？

　　思想在田园的上空不断回荡。我不禁想起梭罗的《瓦尔登湖》，想起梭罗纯净的文字和感情，也想起瓦尔登湖洁净的风景，想起鱼儿在湖中穿梭，水

清如镜。我禁不住要念出《瓦尔登湖》里的句子：

……看瓦尔登是这会儿蓝，那会儿绿。置身于天地之间，它分担了这两者的色素。从山顶上看，它反映天空的颜色，可是走近了看，在你能看到近岸的细沙的地方，水色先是黄澄澄的，然后是淡绿色的了，然后逐渐地加深起来，直到水波一律地呈现了全湖一致的深绿色。却在有些时候的光线下，便是从一个山顶望去，靠近湖岸的水色也是碧绿得异常生动的。

这样的风景，现在，我们该到哪里去寻找呢？

在网上和故乡相会

昨天，夜里快十二点准备睡觉时，我照例刷了一下朋友圈，突然看到一个叫"大溪镇廖安村桥头组风情"的微信链接。第一次在网络上看到自己家乡的名字，感觉特别新鲜，点击开来，和其他宣传"美丽乡村"的微信文章一样，开头就是一段文字："来，到外面走一走吧！让我们好好感受大自然的美好与娴静，感受淳朴热情的山村民风。"不知道是什么原因，最近一段以来，我特别喜欢看一些农村乡土风情的东西，喜欢古朴自然的生活情境。这样的情愫和家乡的山村画面无缝对接，让我有一种眼前一亮的感觉。

第一幅画面是老家白灰青瓦的古厝，前面是一排栅栏，背后是环抱的群山和青翠的树林。摄影水平很高，画面特别具有质感。这样的一幅画勾起了我的许多关于家乡和童年的回忆，心中有一种近乎疼痛的亲切涌动。照片下方，是文章作者的又一段话："桥头组位于大溪镇廖安村境内，坐落于高隐寺山脚下。我们驱车驶入梅山小路，缓缓前行，呼吸稻田和花草的芬芳，聆听鸟儿的鸣唱，在青山绿水间，空气是如此清新。"文字下方的图片是老家的入口处，两棵巨大的枫树掩映着一脉清澈的溪水，流水潺潺，树影婆娑，一条乡间小路伴溪而行，通往一排乡村小院。路边屋旁，稻谷金黄飘香，果树叶子泛黄，树下鸡鸭成群。

乡村风情历历眼底，让我有些情不自禁。我在画面的底下留下了这样的文字：怀想那蓝得透明的天空，清得照影的溪水。在这样的画面中，我惊讶地看到，家乡的天空依然和童年记忆里的一样，蓝得透明。正像这组画面的提供者说的那样，这里的环境令人身心愉悦，是养生休闲的好地方。我的家乡，依然是我梦中的家乡，离开家乡二十几年，故乡却从来没有离开过我的梦乡。

温度的启示

　　午后的阳光穿过厚厚的窗帘照亮了整个房间。我打开手机，看到天气预报里赫然浮现的数据——34摄氏度。是34摄氏度吗？这是一个并不令人惊讶的数字。在经历过2007年夏季的日子里，我们已经有了37摄氏度的记忆。我恍然记起前些天看到的一则新闻，说北京今年将迎来56年来的历史最高温。

　　温度的高增长并不是一件令人高兴的事情，它说明人类在经历了经济高增长的背后，将要付出的代价，也向一些短视行为敲响了警钟。是的，人类应该好好思考温度的问题了。气温的升高其实向我们提出了一个哲学问题。中国有句古语云："过犹不及。"这是一个对生活高度概括的语词，包含了许多生活经验的总结和深刻的哲学思辨。从庸常的生活到繁杂的社会经济、文化、政治，其实可以简化到这样一句话的程度。然而就这样一种简单的生活哲学，却常常被我们一再遗忘。为什么呢？

　　记得20世纪80年代末，我和两个学长到了晋江，第一次看到墨水一样浓黑的溪流，我感到特别惊讶。但当时也以为那只是个别现象，因为在我的记忆里，家乡的溪流总是带着凌凌的波光流入我的梦乡。那个时候，并没有从更高的角度和更多的警醒去思考这样一个问题。时间不经意间就跨过了21世纪高高的城墙，现在，无论行走在哪样的一条乡镇小路上，清清的河水都成为遥远的记忆。那些乡村的河流，河床上往往垃圾成堆，水流干涸。记忆幻化成一滩惨痛的旧梦。让我们无法释怀的是，在河水逐渐干涸的同时，夏天成了我们无处躲藏的燃烧的火岛。在这样的背景中，我们已经无法仅仅简单地欢呼人类GDP的高增长了。地球是我们生长的家园，我们只有一个地球！而这样的一个家园，却在我们欢呼经济高增长的同时遍体鳞伤。我们往往把地球比喻成母亲，而许多时候，我们的母亲却在我们无可节制的欲求中被吸干了乳汁和血液，变得干瘪和消瘦，生命渐渐枯萎。在大自然的警示灯频频闪亮之后，如果我们依然无视这样的警讯，地球终将退化成一座荒岛。

　　我无法忘记的是，在环境逐渐恶化的过程中，许多疾病也开始魔鬼一样地纠缠我们。是的，我们无法忘记几年前那场席卷全国的 SARS 病毒；我们同样无法忘记这些年来许多身边熟悉的人年纪轻轻就突然罹患重症，纷纷倒下。在物质生活条件不断优化的情况下，健康状态的恶化不能不让我们想起日渐灰暗的天空和日渐浑浊的河流，想起我们日渐憔悴的地球母亲！

　　清清的湖水，清凉的夏季，这样的记忆并不遥远，这样的家园也依然可延续。只要我们记住先贤穿越时空的声音，记住不可竭泽而渔，记住注重和谐发展，记住保护我们仅有的一个母亲，地球就依然可以美丽，而夏天的温度也可以不再步步高升。

十块钱的恩惠

　　从出租车钻出来的时候，街上的灯火似乎哗的一声倾泻而下，把我掩盖住了。在一阵灯光的晕眩中醒来，我发现身前立着两位十几岁的女孩。站得较近的那个女孩说："大哥，给我们买点东西吃，好吗？"这样的情景我遇见过好几次。记得第一次是在厦门火车站，一个小女孩过来要钱，和我一起的朋友给了她几块钱。那个时候，我们就知道这种情况很多是诈骗。另外一次，我一个人骑着单车在一条昏黑的街道上匆匆而过，也遇到一个女孩子向我提出同样的请求，我踌躇了一下，脑袋里晃过一些行骗的传闻，匆匆走掉了。

　　在仓皇逃窜后，一路上我无法平静，内心里喧响着责备的声音，我觉得我的灵魂有些卑小了，甚至于有些看不起自己。这样的一次经历，一直沉淀在我的记忆中，时常扣响我心灵的门扉。

　　"大哥，好吗？"刚才的声音再次响起。我又踌躇了一下，说："我朋友来的时候，我给你们买。"我从车上下来，确实在等我的一位同学，而且我的同学给我来电话，说马上就到了。我想，我要亲自买东西给她们，她们就没法骗钱了。

　　在等待我同学的过程中，时间似乎凝固了。我不断地看手机里的时间指示，因为我看到那两个女孩有些窘迫的神情，以为她们很饿了。"大哥，要不我们先去买，好吗？"女孩子有些忐忑地望着我。我往路上看了一眼，还是坚持我的意见，我认为我同学一会就到了，怕他到时候找不到我。

　　"大哥，要不你给我们三块，就两包方便面的钱，我们自己去买，好吗？"站得离我较近的那位女孩又一次请求了。"我们有些不好意思的，"女孩子接着说，"你朋友来了，我们就更不好意思了。"我心里一阵惊悚，往口袋里掏出了钱包，拿出了十块钱给她们，我站在原地，有些羞愧。

　　记得我曾经看过这么一篇文章，说一个家境贫困的乡下中年妇女，她的丈夫因为抢救森林火灾牺牲了，她叫一个小学教师写了一张纸条，贴在破旧的门上，意思是，请和他丈夫有经济出入的人到她家里结账，她会负责她丈夫生前的债务。结果有很多人来到她家里讨债，包括一些缺乏凭据的人。这些人拿走了她丈夫的生命赔偿金六万块钱。不仅如此，按照这些来讨债的人的要求，她还落下一万块的债务。她说，她将会用打工来偿还这笔钱。文章的作者评述说，这是一种朴素的信任。我在看完文章后，陷入了深深的沉思。

回忆起这样的一篇文章，我又为自己感到惭愧。虽然我并不完全认同这个妇女的行为。但我也为自己因为几块钱的恩惠而占据道德制高点，忽略他人的尊严而感到羞愧。

被消解的同情心

傍晚下班的时候，在靠近红绿灯的交通岛上，因为等红灯，我停了下来。这时，耳边突然传来一阵悦耳的歌声。转眼望去，我看到一位瘦高个的男孩子，背着一把吉他，在众人的注目下，在交通岛边上弹唱。小伙子的身边立着一块红底金字的牌子。我扫了一眼，看清了，又是一个患病求援的故事。牌子上说，小伙子的父亲肾衰竭，无钱治病，小伙子出来卖唱，希望好心人捐款，救助他的父亲。

记得我读初中的时候，有一次在车站等车，看到一个乞丐模样的中年男子在车站的角落乞讨。我毫不犹豫地将身上所有的钱都给他。那个时候，虽然大家都不富裕，但是街上很少看到乞讨的人。因为少见，所以我同情心满满。在把所有的钱给了那个乞讨的人之后，我有一种能帮助别人的满足感，或者也是虚荣心得到满足。虽然那个时候，我自己也是一个穷得叮当响的乡下孩子。

不知道从什么时候起，街上的乞讨者突然就多起来。有时候我走过一条长街，能看到几个正在乞讨或者募捐治病的老人或者小孩，有时也有中年人或青年人。这种情况多起来，加上又听说一些乞讨者其实是骗子的传闻，许多人的同情心就渐渐被消解。就是我自己，现在再看到街上这样的状况，对于要不要捐助，也会有些犹豫，除非确实被感动到，相信故事的真实性，否则我也会收起同情心，悄然离去。

这样或真或假的悲情故事，不仅仅限制于街头巷尾，在互联网发达的今天，我的微信朋友圈里也常常会看到"一病回到解放前"的故事。在最初看到这样的消息时，我会毫不犹豫地捐点钱，因为朋友圈里发布消息的，基本上都是朋友，我是相信故事的真实性的。但后来这种消息渐渐多起来，也无法每一次都伸出援助之手。只有在看到关系比较好的朋友发起的大病水滴筹、轻松筹，我才会捐助。对于这样的心境变化，我有时候也会反思，不知道是不是自己变得冷漠、世俗，掉进钱眼了。这样想的时候，我有时候也会感到惭愧、会自责，但又会慢慢地原谅自己，因为我没有那么大的力量，人到中年，我有自己要承担的种种家庭义务，无法做到那么高尚无私。

这些年来，重大疾病渐渐多起来，巨额的医疗费用往往将一些普通家庭拖入生存困境。有许多身家过亿的富豪，也有许多看不起病的老百姓，这样的现状应该依靠医疗制度的变革去改变，仅仅靠同情心是无法真正解决问题的。

记得前些日子看了电影《我不是药神》，我无法理性地不感到悲哀和愤怒。看到很多患白血病的重疾患者因为没钱，吃不起瑞士进口的格列卫——因为那样的进口药，每个重病患者每年要花几十万才吃得起。因为吃不起，这些病人只能等死。而电影的主人公程勇，在印度引进格列卫的仿制药，价格仅仅是瑞士药的八十分之一，治疗效果却几乎一样的好。程勇的行为，本是为看不起病的普通老百姓谋福利，让他们看到生的希望，为他们点亮生命希望的火焰；这对于一个濒临死亡的人，是绝望中一种多么大的安慰！但是程勇因为卖仿制药，被抓了起来，要判刑。那些刚刚看到希望的白血病患者，失去了最后的一根救命稻草。看到这里，作为受了多年教育的一个知识人，我无法不感到愤怒。古人云："救人一命胜造七级浮屠。"为什么救活别人生命的人，反而要坐牢？但是公安、法院也没有错，因为程勇卖"假药"，触犯了刑法。

在这样的商品经济大潮中，看到许多人的同情心渐渐被消解，有时候我会感到担心。我不愿看到老人倒在大街上无人敢扶，不愿看到小悦悦的悲剧重演。我常常会想：人心如果渐渐变得冰冷，我们的生命中剩下的还有什么呢？人又靠什么来支撑灵魂的大厦？

老去的电脑

最近几天，坐在电脑前点击网页的时候，总有一段长久的等待。电脑屏幕久久不动，我的脑袋开始发胀，胸腔憋闷。点开 C 盘属性，发现该盘可用空间已经接近于零。于是我开始清理，可怜兮兮地挤出一些空间，但网速还是如老牛拖破车，缓慢滞重。我知道，我的电脑已经老了。

我的这台联想手提电脑，印象中是购于 2007 年，当时是因为学校要求我们用多媒体上课，为了上课方便，学校要求每个老师买一台手提电脑。费用是老师出一半，学校出一半。所以购买电脑时是和学校签了合同的，合同的内容是电脑使用期为 8 年，8 年以后电脑归老师所有。掐指算来，这台电脑刚刚过了合同期。但它已经老了，老得走不动了。

电脑新买来的时候，我是和很多正兴学校的老师一样，在那个小小的县城里风光了一阵子的。那个时候，在那个小地方，家有电脑的人不多，有手提电脑的人更是少。所以当我们肩背电脑，驰骋于大街小巷的时候，是有一点炫耀的意味的。我在当时写的一篇文章里还特别提到了它。说有一群老师，肩挎电脑，脚踩自行车，迤逦于县城的马路上，成为一道风景。

这样的手提电脑，除了上课之外，我在当时还是比较少用的。因为我家里还有一台台式电脑。那是早一年在大溪中学的时候，为了写稿，方便和北京的一家写稿公司传递稿件买的。到了正兴之后，我不再为那家公司写稿了。台式电脑就成为我写点东西、看点八卦新闻的工具。新的手提电脑成为新贵，比较受宠。直到不知多久之后，那台台式电脑寿终正寝，手提电脑也已经不再新鲜，才被用来写东西和上网。这个时候，手提电脑也已经"飞入寻常百姓家"了。我的这台联想电脑容颜已老，风光不再。

2010 年的时候，电脑外壳坏了一次，我找到联想公司漳州代理处，花了500 块钱修了一次。但这个修理的外壳在 2013 年再度崩坏。我就把它打入冷宫，放在家里的电脑桌前，不再带它出去。而其时我也离开正兴学校，回到大溪中学去。离开正兴的时候，因为电脑的合同期限还没到，我花了一笔钱，算是为它赎身。虽然这个时候它已是美人迟暮，但我是个念旧情的人，还是舍不得抛弃它。

直到最近，我不经意间发现，我的这台相伴了 8 年的电脑已经有些走不动了。它倚靠在电脑桌前的墙壁上，已经无法靠自己的力量站立起来。我颇为纠结：抛弃它，有些不舍；留着用，老态龙钟。我突然想到，世上万事万物，都有老去的一天。清晨时候，我揽镜自照，发现白发浮现，皱纹婉约纵横，当年那个青春年少、唇红齿白的少年早已不见。我只能接受电脑的老去。

阅读远去的身影

这几天闲暇的时候，我会翻翻《沙漏无言》。闲闲翻阅之中，没想到竟能看到 20 世纪 80 年代平和一中罗则庆老师的文章。

认识罗老师是在 20 世纪 80 年代末，那时我在平和一中读书。当时有一个哥们的班主任就是罗则庆老师。那时的我们喜欢作文，而据说罗老师是很善于写作的老师，所以我就很是崇拜他。记得有一次，罗老师在《闽南日报》上发表了一篇微型小说。我和他的学生、我的哥们——叶炜平，欢喜得不行，一起找到了那一期的《闽南日报》，对着那短短的文字，看了又看，并脑补了许多自己发表文章的场景。平日里，炜平兄常常会把自己写的诗歌、散文等作品拿给罗老师看，等着罗老师的评语；或者面对评语苦思默想，然后在一盏昏暗的电灯下奋笔疾书。窗外寒风苦雨，窗内孤灯只影。但是炜平兄乐此不疲，引以为豪。

罗老师在教完炜平那一届后去了县委办公室，后来升了副县长。但是不久，就因病去世。在我们看来，是天妒英才。时光已经过去了二十几年，没想到我在再版的《闽江》里能看到他的文字，这些时光漂洗过的文字重现江湖，让我浮想联翩。我默默地想，这些再版的文字里，有多少文字犹在，而作者已经离开人世的故事？我感到几分感伤。

阅读这些再版的文字，有如阅读一段远逝的岁月。很多少年、青年的记忆恍然走来。在这再版的《闽江》里，我也看到了我的一位老乡朋友——江学录——的小说。记得他是 1985 年考上福建师范大学福清分校的，后来并入总校学习。我读初一的时候，他正读高三，我们的宿舍床位并在一起，我在上铺，他在下铺，我们经常从食堂端回饭菜，挤在狭小的床边小桌子上一起吃饭。1985 年他考上大学后，我们就很少见面。但他毕业前一年，我看到了他写的同乡会倡议书，文采飞扬，让我钦佩不已。

毕业那年，据说他跟他的女朋友去了甘肃酒泉，此后就音讯杳杳，"岭外音书绝，经冬复立春"。只是偶尔会听别人说，他于某某年回家过年了。但也只是听说。后来又听说，他当了酒泉市市委副秘书长。我挺为他高兴的。没想到前几年，因为他的侄女是我的学生，寒假时候，我去家访，竟在他侄女家里遇见了回老家过年的江学录。他给我名片，他真的是酒泉市市委副秘书长。我真为他高兴。

　　阅读流失在岁月里的文字，我们会读到很多久远的故事，也会想起很多久别的人，让人感伤又高兴。感伤的是岁月流逝，人生别离；高兴的是，很多当年的长安山学子，如今已经事业有成，人生幸福。虽然我并不都认识他们，但是，我总因为他们曾经是长安山下的学子，而感到特别亲切。

群殴老师与文化沦陷

最近一段时间，安徽亳州蒙城马老师遭学生群殴事件在网络上持续发酵。苏州一中王开东老师的《中国教师，已经到了最危险的时候》刷爆朋友圈；王维审先生的《当教育只剩下纵容》一文切中肯綮，深度剖析当下教育体制之弊端；漳州三中分校黄向阳老师也发出疾呼《拿什么来拯救你，老师?》，微信上各种调侃教育的段子也纷纷登场。一石激起千层浪，至少，这样的事件在我周边的教育圈子引起一场大讨论，引发很多思考。

相对于刚刚看到这个事件报道的时候，我的情绪已经平复了很多，甚至已经不再波澜。但是，思考的浅浅的痕迹却是依然可见。

中国历来是一个尊师重教的国家，从"天地君亲师"到"一日为师，终身为父"在这样的文字烙印中，我们可以清晰地触摸到中国教育文化的脉络。教师，在中国文化的版图中，是和天地君亲一样受尊重的。记得我小的时候，确切地讲，应该是小学的时候，所有的同学，对老师都是毕恭毕敬的。上课唯一的叛逆，就是趴着睡觉。但一遇老师的话语子弹，即刻诚惶诚恐，缴械投诚。20世纪90年代初，我上了高中，就有一些学生，开始高高举起"革命"的旗帜，睡觉，打架，甚至敢于在神圣的课堂之上，面对老师的训诫，挥出拳头还击。那个时候，我感到一种从未有过的恐慌。直至90年代末，我自己也当了老师。那个时候，在不少学校空旷的操场上常常会有一群留着长发、叼着香烟、斜着眼睛的叛逆期青年，时刻准备着和前来劝诫的老师弄点硝烟。

我不想更多地叙说老师和学生间的摩擦事件，很多时候，我们都习以为常了。但后面的新闻，就让人耳不忍闻了，因为竟至于由于老师要维护纪律和要求缴交作业，而达到群殴老师和弑师的地步。

史书里的所谓"礼崩乐坏"，我想我们是可以窥见一斑的。这种现象的出现，决不能仅仅怪罪于我们的学生。这些年来，一群所谓的知识精英、网络大V，从解构神圣开始，一路披荆斩棘，横扫天下，直到无物可以解构。社会成了文化的瓦砾堆，满目苍夷，而谁来建塑？拆一座房子，是很简单的事，而建一座房子，却远远不是那么简单。何况是人类多少年的文化积淀？20 世纪 90 年代，我看见提倡个性化的文章，很高兴地想，一个现代社会，甚至后现代社会的文化，终于到来。而我没有想到的是，我们的有些文化旗手，远远不能满足于此，而是一路向前，从倡导个性化开始，到倡导自私，否定崇高。"人不为己，天诛地灭"，他们是否能够想到，"天诛地灭"这把魔鬼之剑，什么时候也可能灭到自己头上？！

老师成为学生的敌人，互相之间大打出手，挥戈相向，这种现象的出现，促使人们从教育的角度，从法学的角度来分析。这些都没有问题，但是，我觉得，从根本上说，绝不仅仅是教育的问题。而是我们的文化出了问题。因为如此这般让我们惊愕的现象，绝不只是出现在教育领域。君不见在我们的生活周边，骗子满天飞，食品成了毒品，老人摔倒没人敢扶，因为一点小事，对自己的亲人痛下杀手……学生与老师的敌对，只是解构崇高、倡导自私的冰山一角罢了。

我们要呼喊的，绝不仅仅是：救救老师，救救孩子！

是该让老师安静地教书了

前些天看了一篇文章，题目好像是《让老师安静地教书》。文章谈到现在很多时候，已经不能让老师安静地教书了。比如不断地听课评课、网上晒课、各种教学比武、各种论文比赛、各种信息填写、各种检查评比，已经把老师架空了，无法安静地教书。

最近几天，我也陷入了这样的疲劳战中。教师信息采集、信息技术学习、年度考核表、评分表……各种忙乱。大部分老师都在周末假期、晚上的时间做这些事情。教书备课只能放在第二位了。其实不是所有老师都适合在众人面前表演，适合在许多专家学者前滔滔不绝；也不是所有老师都能适应在镜头前讲课。这些公开课、视频课，让很多老师夜不能寐，十分紧张。

我觉得要真正搞好教学，首先要提高老师的社会地位，让老师们不用为了生活四处奔波，惦记着各种柴米油盐，在社会各界人士面前自惭形秽。没有自信的老师，就没有自信的教育；没有自信的教育，就不会有自信的学生；没有自信的学生，就不会有富强的国家和民族的未来。横向来看，中国教师的经济地位与其他国家教师的经济地位难以比拟；纵向来看，古代中国，教师的社会地位是让现在的教师羡慕不已的。

我们紧赶慢赶，好不容易让教育投入迈过了国民经济4%的大关，但是这些钱到哪里去了呢？到处翻新的教学大楼和铺天盖地的塑胶跑道已经为我们提供了答案。我并不是主张我们的教学大楼应该是泥墙瓦屋，但也不一定要日新月异。好的教育在于老师，而不在于高楼大厦和硬件设施。抗战时期"最穷大学"西南联合大学最能说明这个问题。西南联大办学八年时间，荟集了一批著名专家、学者、教授，师资充实，虽然只毕业了几千名学生，却培养出一大批卓有成就的优秀人才，其中就有两位诺贝尔奖获得者。那是硬件设施最糟糕的大学，却培养出最优秀的人才。

西南联大的现象让人深思，人才不是来自高楼大厦和漂亮的塑胶跑道，而是来自优秀、自信的教育者。如果我们能把那些用于建设硬件设施的钱部分用在老师身上，让老师能安静于书桌和讲台，那么，中国的教育应该会有所变化。

要让老师安静下来，给老师足够养活一家老小的经济条件、一张书桌、一家图书馆就够了。只要老师们能够安静下来，坐于书桌前，无论是批改作业，或是读点书，总会对教育有益，对国家民族有益。文化科学的发展来自于一颗安静的心和一个安静的环境。曹雪芹批阅十载，增删五次，终于有了《红楼梦》；马克思用心四十年，完成了《资本论》。板凳须坐十年冷，只有真正安静下来，才会在一个领域有所建树。

什么时候我们的老师能真正安静下来，我们的教育才有希望。

悼念艾跃进先生

因为工作繁忙，我已有一段时间没有关注艾跃进先生了。昨天偶登网站，知道艾先生已于 4 月 21 日作古，心中是十二分地不相信，也不愿意。但消息应该是真的，网站上有他的照片和逝世的详细报道。因为癌症，艾先生于 2016 年 4 月 21 日 22 时 18 分在天津去世，享年 59 岁。照片里依然是清癯友善而生动的面容，我还想在有闲的时间里听听他的演讲，但他已经作古，我的心里有一种无法述说的滋味。

知道艾跃进先生，是一个偶然的机会，我在网站上看到了他的演说，他的演说幽默风趣，又正气凛凛，可谓深得我心。我那个时候正关注中国社会的很多问题，特别是中国的前途和底层民众的出路。正所谓处于"身无一物，而心忧天下"的状态，看到艾先生的演说，让我明白了很多，也畅快了很多。

艾跃进先生是南开大学教授，军事学军事思想专业博士生导师，南开大学军事学科创始人，著名演讲家，天津市国学研究会副会长。他的演说生动有趣，又很有辨析力。我成长至今，听到的比较好的演讲，首推母校的孙绍振老师，其次是视频上的北京大学的孔庆东老师、贵州大学校长郑强先生，还有就是南开大学的艾跃进先生。用现在流行的话语讲，我是他们的忠实粉丝。有一段时间，我特别关注艾跃进先生，因为他不仅善于讲演，而且特别关注国家命运和底层民众。听着他的讲演，那清癯的生动的面容让我倍感温暖与力量。我觉得，在当下的中国社会，这样关注中国前途命运、底层民众生活，又敢于言说的知识分子太少了。

以艾跃进先生为代表的少数知识分子，面对物质诱惑和世俗眼光的压迫，能够不为所动、秉笔直书，表现了为民请命的极大勇气和牺牲精神。他们来自民间，回归于民间。有良心的、爱国的人民，会永远记住他们。

艾先生死于癌症，2016 年 4 月 29 日去世的陕西作家陈忠实先生也死于癌症。近些年以来，这样的疾病正以暴风疾雨般的状态倾泻而来。艾先生生前关注过这个问题，这样的问题绝不仅仅是健康的问题，而是有着更深层次的原因。大自然正以一种显性的报复正面告诫。

但为什么是艾先生?！他才刚刚 59 岁，年轻而深具活力；他还有很多事情要做；中国底层的老百姓，还希望他更多地为他们代言；受污严重的文化，还等待他带来清新的空气。

艾先生，在默默中永生！

怀念诗歌一样的生命

昨天下午，我参加了漳州市诗歌协会成立三周年的纪念活动。去的时候已经三点，这是下半场。据说上半场是在昨天上午举办，由任毅教授主讲。下午的节目是大家谈谈诗。对于诗歌，我一直只是欣赏，没有太多的感受或者见解。因为我觉得，我的诗总是写不好，所以有些退避三舍的意味。但是，看看或者听听，是我所喜欢的。我读诗歌，很注重诗歌对语言原有语义的突围，有些诗歌语言对庸常话语的颠覆让我感觉清新入肺、妙不可言。诗歌的美，是我寻求的阅读力量。

活动结束后，我从活动现场带回一本诗歌刊物《第三说》。看康城老师在《第三说》里发表的纪念散文《茉莉居住的窗台》，感动落泪。后来我想，康城老师的文字已经不是文字，这些文字是一个个活生生的生命个体，默默而庄严地聚在一起，手把雨伞，齐齐地向诗人唐兴玲默哀致敬。

文章的开头，康城老师写道："2012 年 4 月 29 日凌晨，兴玲走了。早晨 8 点我打开手机收到消息……沉默了一天，终于回复长沙诗友，还是上了火车，22 小时后到达长沙。"他说，"认识兴玲长达 10 年，第一次来看兴玲，见到的已是兴玲的遗像。相片里的兴玲消瘦了，没有我想象中的笑容，而是眼神有点忧伤，我再次止不住泪水。"

这些年来，诗歌领域里英年早逝的，又何止唐兴玲？我们暂不提海子，那么遥远的时空怀念；就今年以来，突然离开的陈超先生、"咽下铁做的月亮"的优秀青年诗人许立志；都让我们有些惊异、感伤。诗人的早逝，虽然是个体事件，但是我总无端地觉得是一个集体的精神事件。

唐兴玲是罹患疾病去世的，她对人世还有着深深的眷恋。她在临走前的诗歌中写道："我是如此贪恋人世的甜！"但她还是匆匆地走了。她有一个年仅三岁的孩子，那是她的天使；她还有一套刚刚要装修的新房子。康城老师说："她还贪恋人世的甜，或许她自知生命有限，因此她在最后的日子里为自己写了一本诗集，倾注了她的爱和希望。谁能淡然，在这样的年纪？"

　　生命是一种怎样的无奈？阅读康城老师的文章，我深刻地感觉到康城老师不仅仅怀着对逝者唐兴玲死亡的忧伤，似乎还有更加深远的思虑。他在另外的一篇文章中写道："在街上，总觉得置身于这个世界之外，以他者的身份在人流中，时间流速和周围的运动不一样。"总有一些人，在这样的人世间，思考着许多人并不思考的问题。"见面只聊家常会让我坐立不安"（康城语），诗歌，为这样的人群提供了一个可能的表达的空间和清净的居住地。但这样的空间，在现实的逼迫之下，变得越来越逼仄。诗歌、思想和爱，正在快速地逃离我们的生活。我在康城老师纪念唐兴玲的文章里，看到了这种伤痛。"五月一日早上，我从长沙乘车到株洲，11 点 42 分，我上了从株洲到漳州的火车，其时大雨，我不由想到兴玲那边应该也是大雨。然而写诗的人大多只关心自己的诗作，谁又是谁的知音，谁会读谁的诗作并为人写数篇评论，并且他人心中怀有感激，至少我没见过这样完美的世界""我并不乐观""而在兴玲身上，我看到了高度的吻合"。在康城对兴玲的赞赏中，我看到了诗人对诗情、思想和爱的追求。对兴玲的纪念，也是对这样一种世界的追寻或纪念。

　　最后，用康城的话语做一个结束，愿"兴玲的诗歌之灵和我们在一起"。

辑四

行走的风景

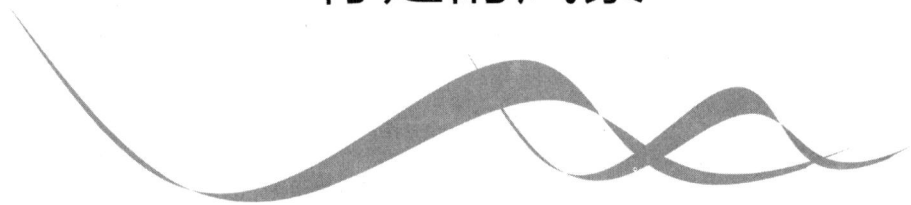

清 晨 风 景

在一篇文章里，我曾经写过，在我们正在装修新房的那个楼盘，有一位大约四十岁左右的妇女，每天清晨，我都能看见她，带个桶、一把拖把，从我们这幢大楼的一楼开始拖洗，一直拖洗到三十三层的顶楼。有时候我迟一点再次到那边，又看见她在拖洗第二遍了。我为我们这些业主感到惭愧，我们总是毫不在意地随意弄脏地板，特别是在下雨的日子，水泥、黄沙、腻子粉，等等，运上运下，把整个楼道弄得满地狼藉。

我有一次看见这位打扫卫生的妇女正在将一桶水从一楼往上面运。我问她说："怎么不在上面提水呢？"她简单地回答："是的。"后来我才发现，她每一次都是从楼外提水过来的，从不在楼层的房间提水。她不会为了贪图自己的方便，就随意取用业主的自来水。虽然很多业主应该是不会介意这样的一桶水的。

这应该是一位文化水平较低的中年妇女，她估计不懂得什么叫职业道德。她却懂得不能因为自己图方便，就损害别人的利益。虽然取用别人的一桶水是非常小的事情，但是她还是格外恪守自己的原则，从不越界。

在某些人看来，可能会觉得这只是小小的一件事，但是我的内心，却升起了一种敬意。

我有时候想，每次我们走在大街上，在整洁的路面上，偶尔随手扔个东西，就像我们天天回家，走在整洁的楼道，偶尔也制造点垃圾，我们对此习以为常，以为楼道地板、公共区域本该整洁。但是，有多少人曾经想过，这样整洁的环境，是怎样来的？清晨里整洁的楼道和路面，在我们早起的人眼里，形成了一道特殊的风景。它是那些清洁工们，在我们睡觉休息的时候，用自己的双手，用满面的灰尘换来的。

2013 年的这个夏天，中国大地各处高温不退，很多地方气温都超过了 40 摄氏度。据新闻报道，在这样的环境中，中暑、被晒伤，甚至晕倒在大街上最多的职业人群就是清洁工。这是一个让人感到心酸的消息。他们为别人装扮了美丽的风景，为自己的命运谱写一首满带沧桑的歌。

阅读叔本华

午睡早醒，我随手抓起搁置床边的一本书，是叔本华的《作为意志和表象的世界》。翻起来，一种熟悉的记忆就随风而来。

初次接触叔本华是早在读中学的时候了。那个时候，我一个人躲在家中，拼命地抄写手上仅有的一本介绍世界各种哲学流派的书。在许多西方的哲学家当中，我比较熟悉马克思、黑格尔、叔本华、尼采。但在那时，我仅仅知道叔本华是一个悲观主义哲学家，没有看过他的原著，仅从那本哲学简介里知道他的一些思想。那时的我处于一种逆境中，带着一种悲伤的心情看世界。不过我还是一个浪漫主义者，并没有那种渗进骨子里头的悲观。中学快毕业时（大概是那个时候吧，也记得不是很清楚了），我有机会读一点叔本华的原著，读到那种渗进骨子里的悲观，有一些恐慌。后来又去读《红楼梦》，读到后面，很多活生生的似乎就活在我们身边的小说人物突然就没了，这种生命的脆弱让我心神迷离。虚无主义的思想渗透进我的四肢百骸，有一个月的时间，我不知道自己是活在怎样的一个世界里。这样的感受让我开始有意无意地在避开悲观主义。即使后来有机会看叔本华的著作，我也是虚晃一枪，马上逃开。

随着年龄的渐渐增长，我终于有些勇敢起来，忘了以前的恐慌了，在书店里买了几本叔本华的著作。不过真正比较认真地读叔本华的原著，是在读大学以后了。我翻了几页，就为他的玄思妙想所迷惑，看得似懂非懂。这样的书，很多文字我无法细究，但又想细究，结果读起来非常累，翻读了一部分，终于还是扔开了。

大学毕业以后，虽然经历了许多风风雨雨，我反而愈加勇敢了，摆了一些悲观主义哲学家的书在床头，其中就有叔本华的《作为意志和表象的世界》。但又因为懒惰、世俗事务的牵累等原因，我没心思看这么艰难的文字了。在成为上班族以后，我最经常翻看的是辽宁作协主办的《当代作家评论》，这个刊物刊登的也是理论文章，但是我喜欢。它不是很艰深，大概比较适合于我这样阅读水平的读者。另外摆在床头的，还有陈嘉映的《海德格尔哲学概论》，这样的书一样倍受我的冷落。

重新翻阅叔本华的著作，我不知道这一次是否能将《作为意志和表象的世界》读完。但庆幸的是，从情感的角度来说，我已经可以比较从容地面对悲观思想和悲观主义哲学家，或许这就是岁月带给我的力量了。我想我应该感恩岁月的赠予，让我有勇气面对生命的本真。

孤独的张承志

　　我一边喝着开水，一边敲打出这样一个闪亮的名字，心灵的波涛开始在记忆中汹涌。记得在遥远的中学时期，我就读过张承志的获奖小说《黑骏马》，后来又看过《北方的河》。作者塑造的具有坚强意志和鲜明个性特征的人物形象一直活在我的心中。直到后来张承志离开喧嚣的文坛，一个人孤独远去。大学期间，我还有幸读到他的《心灵史》和其他部分文章，无法忘记他的《静夜功课》，也无法忘记《以笔为旗》，同样无法忘记《无援的思想》，以及许许多多他的文字和思考。

　　面对张承志，我有时候强烈地感觉到自己的卑微。这是一个用生命写作的作家。他用全部的激情、勇气、灵感，甚至抛弃许多可以轻易获得的幸福来写作。这样的投入与牺牲，化作一股凌厉的气势，向人间的不义以及一切黑暗势力宣战。他最靠近的人是鲁迅。他的一曲《致先生书》，道尽了对先生的怀念与景仰。然而斯人长逝，在这样的环境中，他一时还无法找到自己的"类"，有的是一身孤胆英雄气。他的身后，也和先生一样招致了许多詈骂。但他无悔，以一个人的力量承担了一个时代的重量。我在后来的一些阅读中，也终于承认张承志的战斗方式有些激烈了。这样的激烈，给了一些反对者以反击的话柄，有些反对者还把张承志推进了妖魔化的轨道。

　　在这样的战斗中，张承志是孤独的。在《无援的思想》里，他这样写道："在艰难中，思想常常被击打得闪烁火花。在孤寂的独醒之中，在水一般浸满的黑暗和无奈之中，我知道应该记下来。已经一千遍地证实了，我清楚我的思想和生存的价值。"思想已经无援，却依然要坚持走自己的路，那么黑暗与孤独，就成了朝圣者的一种宿命。但是他不会向黑暗投降。他说："若是为了应付这个丑恶的世界，我可能做到在许多领域取胜。但那不属于心灵，我不愿在那些奔波中耗尽自己。我热爱使用中文的独自写作，在真挚的、感动的、美好的写作中，我能达到谦逊，也能达到坚信。"

　　在我的视野里，他不是一个写作者，而是一名为美好的世界战斗着的勇士，依然信守自己信念的战士。20世纪80年代，稍微有些文化的人，都会记得刚刚出道的张承志，他的锐气和才华，使他一路披荆斩棘、连连获奖。如果只为成名和利益，他完全可以沿着这样的道路得道成仙。但他没有，他走上了一条孤独的道路。这种刚勇和大义，执着和坚强，不是我的这篇短文所能描述的；我同样无法追随他的旅程，如果可能，我仅仅想用我点滴的文字，表达我内心的一点敬意。

随 心 所 欲

近日看张承志的文章，这位本家说："我更喜欢追求思想及其朴素的表达，喜欢摒除迂回和编造，喜欢把发现和认识、论文和学术都直接写入随心所欲的散文之中。"看了这样的文字，我感觉特别温暖，因为这样的感受是如此垂直地抵达我的心间。当然，我没有这位本家的学识与涵养，也无法写出有见地的论文，更不敢妄谈学术。我能做到的，或者说我所追求的，就是能用自己有限的表达能力，书写我思我想，随心所欲，无论成败，无关名利。这就够了。

因为有这样的思想，所以我在这样的时间里沉沉浮浮，毫无计划。这一段日子，真是有些"随心所欲"了，除了上班无法按照自己的感觉走，必须按照机关单位的时间表进出单位的大门，此外，在离开单位的时间里，我真是过得有些任性了。中午回家，匆匆炒菜吃饭，赶在可能的时间里，边吃饭边看《今日说法》，此外了无牵挂；傍晚下班回家，也是炒菜吃饭，然后歪在沙发里看电视节目。原来晚饭后散步这一环节，也可有可无了，随便都可以找个借口推脱过去。这样的凌乱与无序，过得真叫舒服。在这样的生活中，我有时候会想起年轻时候的一种心愿，叫随心而活。现在这样的日子，从某个角度讲，也可以说是随心而活吧。

这样的日子，舒服是舒服，但有时候也会突然令我感到莫名惊恐，感到虚度光阴，浪掷生命。

有时候，因为长久疏于动笔，我会担心一旦到了要我动笔写材料时，会遭遇表达的困境。这样的担心，其实也只是停留在生存的层面，担心生存会有危机，而没有考虑到精神需要的层面。就是说，我可能堕落了。或者有人会说，这是回到了现实，回到了地面。四十而不惑，到了这个年龄，人都会回到现实的地面。但这样就够了吗？这样的生活，有时候你真的会感到空虚，感到迷茫。所以，对于张承志先生所说的"随心所欲"，在意义的层面上，是不能随意曲解的。因为我们的生活，还要有追求的层面，要有精神的支撑。这才能不虚度生命。

面对读书日

打开报纸，才知道昨天是第十三个世界读书日。读书日，对我而言，是一个多么温馨的字眼！但是昨天，在记忆里，我没有读书，我与这样一个温馨的日子擦肩而过。我不禁想，如果我知道了，我会不会附庸一下，读一点书呢？想到这里，我不禁莞尔而笑。

想到读书，我的心里有许多波澜涌动。

这是一个读图的时代，真正的读书已经被许多人遗忘了。我说的真正的读书，是指怀着淡泊之心读书，不是怀着功利之心读书。倘若以功利之心读书，往往会成为书的奴隶，书也成了他们的奴隶。在他们那里，读书只为黄金屋，读书只为稻粱谋。可谓是为利的读书，不是为心的读书。

学校里几次开会，从福州来的陈小敏校长多次要求老师要多读书。我听了感觉心里特别温暖。因为在这样一个时代，这样的一个偏远的地方，已经很少有人会要求成年人读书了。虽然我知道，陈校长的声音在这里可能回音空旷，但是我还是满心温暖，因为终于听到一种和我的心灵欲求相同的声音了。

读书是谋长远的事。很多时候，读书看不到现实的好处。古代读书人学而优则仕，走上仕途对苦读圣贤书的读书人具有相当大的激励力量。但是今天，很多时候，读书已经很难和经济利益的获得成正比，特别是为心志的读书，更是与金钱无直接关系。20世纪八九十年代，有一些关于知识贬值的流行语，比如：搞原子弹的不如卖茶叶蛋的，拿手术刀的不如拿杀猪刀的。这些流行话语，生动地描述了当时脑体倒挂的生活真相。时隔数十年，这样的现象已经有了些许改变。今天的读书人，如果能取得功名，还是可以赢得不错的经济利益的。但是在商品经济时代，比起读书，经商更容易获得较大的经济回报。如果用金钱的多寡衡量个人的价值，那么读书这件事会逐渐边缘。呼唤读书，有时候只能成为一声遥远的呐喊。

这是一个浅薄的时代，一切都从深海浮向水面。寻找深度成为一种异常

寂寞的声音。又或许，真正有力量的人，永远只能是少数。比如鲁迅，比如陀思妥耶夫斯基、苏格拉底、黑格尔，这样的思想者已经成为过去式，真正的精英时代已经过去。这是一个拜物教盛行的年代，物质不需要深度，很多时候，它要的是投机。在纯粹的生意学领域，投机成为一门学问，它更多讲究的是机灵，而不讲究深刻。在这样的时代里，人们已经失去了寻找深度所需要的韧性，或云：生命太短暂，我们没有必要像歌德那样，像曹雪芹那样为寻找深度用尽一生的力量！

在读书日过后，我在想，是因为读书已经被大众遗忘，才会有读书日吧?!

在寂静中成长

　　我是通过同事的微信朋友圈，知道了在云霄，有一个叫杨培铮的女子，2008 年失聪，结束了中学语文教师生涯，成了一名专业写手。点开朋友圈网页，看到杨培铮老师的文字，真是柔软娴静。"晚风里，走在林木苍翠的江滨路，猛觉得有条柔滑的香缎子迎面拂来，精神一振，驻足，闭眼，深呼吸——黄玉兰的香沁人肺腑，我陶醉了。世界在安静里馥郁。"在芬芳的文字里，怎么也看不出作者是一个身有残疾的人。但那是真的，就在 2008 年，那一年她是毕业班的老师，也是 110 分贝重度听损的残疾人。"为了不耽误学生课程，无奈离开挚爱的讲台。"那一年，她离开的，不仅仅是讲台，还有一个有声的世界。从此，世界在她面前出奇地安静。

　　是文字向她展开了另外一个有声的世界。2008 年开始，她重拾旧爱，走上了文学创作的道路。文字总是以它芳香的魅力和博爱的情怀拯救了很多和杨培铮老师一样在现实世界里陷入低谷的人们。他们在文字里找到了另外一个丰满的世界，安抚自己躁动的灵魂。因为文字缘，杨培铮老师先后获第二十三届全国报纸副刊年赛铜奖、《福建日报》副刊 2008 年度"最佳新人新作奖"、"逢时杯"首届福建青年散文奖、第六届漳州市百花文艺奖等全国、省、市级以上多种奖项，并有多篇作品被收入各种选集。在文字构筑的世界里，命运为她打开了另外一个大门。在寂静的行走中，她完成了约十六万字的散文书稿《起舞的日子》，并成为中国散文学会会员、福建省作家协会会员、云霄县作协理事、云霄县聋协副主席、《漳江文学》《云霄文艺》编委。虽然这些世俗的名头或成功并不能真正抚慰一个失聪者的灵魂，但也在另一个方向上为她开启了一条全新的道路，使她的内心安闲而美丽。杨培铮老师有一幅蹲在溪边戏水的照片，回眸浅笑间，我们可以看到灵魂的清静和幸福的真实。

　　杨培铮老师有一篇文章叫《安静的独行者》，在这样一个喧嚣的世界里，能够安静独行，也是一种美丽。"在黑暗里寻找光亮，在无声的世界里俯下身来，聆听大地的心跳。失去了天音美籁，也远离了尘世喧嚣，我不能听，但

我还能看，还能思。在别人的喧嚣里，在我的寂静里，静静地走，静静地看，静静地思，静静地守着我的孤独。"这样的境况，当然是一种悲哀，却也是一种常人无法到达的境界。世界总是辩证的。"塞翁失马焉知非福"，只要安静地行走，总会有另外一种幸福等待你去握手寒暄。

在寂静中，杨老师破茧成蝶，美丽成长。

微　信

最近的日子有些无聊，这几天想重新读点书或写点读后感，但细细想来，这一段日子居然没有什么读书的印象。

既然没有读书的印象，那么时间都去哪了呢？我恍然一想，原来大部分的时间在看微信。我是在 2014 年的国庆后下载的微信，刚刚下载好微信，就有很多朋友加进来了。然后就在朋友圈里看到各色的文章，最多的是养生，正好那个时候我的几位亲人朋友罹患重疾，我如见救命符，天天在微信里看各种养生文章。然后惊悚于生活里居然有那么多我们不懂的学问，从此吃饭睡觉，买菜煮饭，变得小心翼翼起来。

微信另一个让我感到新鲜的地方是能够拉近远去的岁月。比如多年不见的同学，由某个同学建个同学群，呼啦啦一下子齐聚了一群天南海北熟悉的陌生人。刚刚成立同学群的时候，很多同学是亢奋的，呱啦呱啦地在群里发信息，聊语音，有些同学几十年不见，突然在群里冒出来，这样的情景很容易让人兴奋或感伤。微信群成了很多人心灵的居所。所以无论在什么场合，我们都可以看到低头看微信的人，甚至有些领导，也会在聊天或者开会的时候偷偷打开微信。也有不少人白天夜里都成了低头一族，睡觉之前，醒来之后，不打开微信看看，总觉得缺少了点什么。上班的时候，只要一有机会，总是忙忙地打开微信，或者看微信群里有没有同学、朋友、同事发言，忙着搭讪几句；或者看看朋友圈里有没有什么新鲜文章，关系好的，有事没事点个赞，以示互相支持；或者在朋友转载的文章里留几个字、几句话，表达自己的看法观点。时间依然如以前一样流逝，但是有了微信，人们的生活却有了不同。所以有人感叹"世上最遥远的距离，不是生与死的距离，不是天各一方，而是我就站在你面前，你却在看微信"。

微信的势力范围在生活、工作中不断拓展。为了方便工作，很多单位系统都建立了工作群。一般情况下，该系统的领导即为群主。有任务时，群主只要在群里@所有人，大家就都能看到自己要接受的工作任务。工作人员工

作上有疑问了，也可以在群里向群主咨询，或者给领导同事传送文件材料，不用打电话或者奔跑联系。微信打通了向上向下的通道，方便了领导，也方便了群众。

除了方便工作和维系友情的功能之外，微信的另一个方便之处就是开拓了更多的阅读渠道。我的微信里就有不少订阅号、公众号。我每天早晨醒来，做的第一件事就是打开微信，看订阅号或公众号里新上传的文章。在静静的清晨，阅读变成一道必不可少的早餐菜。虽然这是一种碎片化的阅读，但在繁忙的工作、生活纠缠中，我们已经没有太多的时间静下心来阅读。而微信文章因为篇幅短小，恰恰满足了现代社会快节奏下人们的阅读需求。

微信是个江湖。朋友圈里除了可以看到一些有益的文章和朋友的行踪轨迹之外，更多的是众多微商出没其间。这些微商售卖养生、生活必需品等名目繁多的物件，有些东西确实质量可靠，而不少产品往往有夸大其词之嫌。微信朋友成员复杂，很多只有一面之缘的或是从未谋面的也可以通过摇一摇、加附近的人、搜索手机号等方式成为朋友，这样成就了朋友圈的江湖。有一个朋友曾经跟我说过这样一件事。有一次有个美女头像通过手机搜索加了他。图片美女对他好像热情得有些过分，每天都会有几次问候。过了一段时间，有一次，图片美女说工作太忙，生病了。因为是外地，刚刚来到这边工作不久，身边没有亲人和朋友，只能自己一个人去医院看医生。在博得朋友的友谊和同情之后，过了一会，图片美女就发来求救信息，说看医生钱不够，想和朋友借点钱。我的朋友起了疑心，因为现在支付转账非常方便，如果这个美女真是钱不够，她的家人或朋友肯定可以通过微信或者其他支付方式及时转账给她，没必要跟一个从未谋面的人借钱。那个图片美女为了赢得我朋友的信任，发了一张身份证图片过来，信誓旦旦地说，过几个小时她家人就会汇钱过来，钱到账时，她会马上还钱。期间还一直强调她病情严重，急等治疗。好在我朋友没相信她，没有转钱给她，因为后来得知，其他人也经历过这种事，只要钱发过去，之后就再也找不到那个借钱的人了。

微信，方便了交际交流，但同时也方便了一些不法分子的坑蒙拐骗、敲诈勒索。这正印证了凡事都有两面性的辩证理论。

在寂寞中前行

人生的行程，有如浪涛，总是有起有落。所以，想要有所成就，就应该顶住寂寞，独自前行。

记得20世纪80年代末，《掌声响起来》这首歌特别流行，歌中唱道："孤独站在这舞台，听到掌声响起来，我的心中有无限感慨""多少青春不再，多少情怀已更改，我还拥有你的爱"。这好像是说一个人在独自努力奋斗以后，终于听到掌声响起来，心中感慨万端。原来的我，以为只要掌声响起来了，人生就走到了一个高地，从此可以顺顺利利地走下去了。

现在想来，这样的想法未免有些天真。其实人生就是一个不断起落的过程，无论你走到哪个阶段，总会有接下来的一个坡度，让你重新攀登，重新苦闷，重新寂寞。就如西西弗斯推石上山，到坡顶时，人生的石头会重新掉下来，你必须卯足了劲，重新推石上山。这个故事道尽了人生的真谛。所以，一个有追求的人，顺利和轻松永远只是暂时的，而寂寞、苦闷则是常态的。人生本来如此，解决之办法，就是学会豁达，不论成败，一直向前。

有文章说，川端康成的死，海明威的死，是因为他们走到了一个高地，再无可以攀登的高峰，最后只能走结束人生旅程的道路。我不知道事实是否是这样，但如果是这样，就更加说明了道理确实正如前面所说，到了一个顶峰之后，会重新迷茫。川端康城和海明威，走到了文学声誉的最高点，拿了诺贝尔文学奖，他们的道路不是从此顺顺利利了，而是有了新的寂寞、矛盾、苦闷，他们无法解决，于是走到了人生的终点。

我想，我们普罗大众，境遇和他们自然有所不同。我们无论怎样努力，也不能像他们一样走到那样的顶点。所以我们还有更长的路要走，苦闷和寂寞在所难免。我们解决的办法就是前面所说的放宽心态，不管成败，守住寂寞，只管前行。

还有一个办法，就是寻找前行路上的同路人，结伴上路，抱团取暖。这个学期以来，曾金华老师几次和我通电话，发信息，我们互看彼此的文章，

他也为我能发表文章感到高兴。我同样感到欣慰，感到路上有个相伴的人。金华老师的境遇让人唏嘘。说实话，他文字功底老道，知识丰富，富有才华。但是他的人生之路，似乎越走越窄，特别困顿。我在他的文章《患天疱疮（二）》中读到"红肿，奇痒，溃烂，疼痛，又总是日夜无法入眠，不管白天黑夜，都百般无法入眠，掐指算来，这一两月根本睡不上几个小时。这真的快让人发疯发狂了！这些时候，我常常不自觉地在思考生与死的诸多问题。有时候觉得，自己也许无法坚持了。可是还有许多未竟的事情，还有许多留恋的事儿，总不能就这样匆匆地走了"。

读到金华的这些文字，我感到特别沉重。他和我一样，2006年因县政府扶持私立学校的需要，从公立学校到私立学校支教，由于身体原因，2013年申请回到公立学校。政府对从私立学校回来的老师划了一条红线：工资等级都回到十二级，分配到县里最边远的学校，不管你原来在公立学校时工资是什么级别，工作多少年，原来在哪里教书，成绩声望如何。金华老师是平和县语文教学界的翘楚，工作快三十年了，但是这次被一视同仁，他的工资等级也退到十二级，月工资两千多元，被分配到离县城最远的乡村中学——长乐初级中学。他之前患病，不仅是天疱疮，还在2013年5月的时候因为不慎跌倒，跌断了股骨颈，病上加病，轮流吃药，好了这头坏了那头，顾头不能顾腚。可以想象，真是苦不堪言。

我有几次想写写金华老师，鼓励鼓励他。对于我们，或许只能如此了。希望他能在寂寞、苦闷中继续前行。

也谈于欢案

　　很久没有写文章了，懒了，或者说事情多了。今天又想要写点文字，是因为近来刷爆朋友圈的于欢案。前天看了新华社的一篇文章，叫《刀刺辱母案上亿条评论》，今天又看到李镇西老师的《我该如何给学生讲于欢案》，突然觉得有一些话要说，当然，并没有特别不一样的话，只是要说而已。

　　我不知道于欢案的详情，不知道现场到底是怎样的，只是根据网上的描述（我倒是觉得聊城法院如果想表明自己没有判错案子，可以将具体案情公布出来，我这样想，不知道是否符合规范），根据自己知道的情况来说，如果实际情况并不如此，那就另当别论。

　　在我敲打这些文字的时候，我是比较冷静的，因为受辱的不是我的母亲，因为事情也不是刚刚发生，也可能因为我的心已经在生活的磨砺中渐渐变硬。但即使如此，我也不同意不少人所谓的要于欢冷静。冷静没有错，但就理性判断而言，谁在那样的场面之下也无法冷静，因为人是有情感、有血性的，除非他是木头。在那样的场面之下，要求一个 23 岁的青年人冷静，是不是说这样话的人自己就不冷静。欠债，当然是要还的，但不是已经还了仅剩下的一套房子了吗？于欢母子还有其他什么财产吗？他们是故意借钱不还吗？按照目前我知道的情况看，并不是如此。如果不是，再怎么逼迫，他们又用什么还钱呢？

　　高利贷往往是和黑社会相关联的，催债的手段常常是恶劣的。这是具有一定社会常识的人都知道的。在这样的一个背景下，警察又已经不在现场，怎么可能说"他（于欢）已经安全"。另外，当于欢拿起刀子的时候，说"别过来，都别过来，过来攮死你"，这只是一种防卫警告，想阻止对方伤害自己和母亲。但是，对方"又凑了上来"，在这样的情境下，作为弱势的一方，谁会认为自己"已经安全"了？在对方"凑了上来"的情况下，于欢动了刀子，这怎么就不是"正当防卫"呢？即使不是，总应该是"过当"吧？但法院的判决是"故意伤害"。

　　法院是公平正义最后的防线。当处于弱势的公民的生命财产受到强势一方威胁时，最后的指望就是法院了。但一审的审判结果呢，让所有弱势者感到迷茫。我不清楚这样的判决会不会像当年的彭宇案那样引发蝴蝶效应，但是这种危险是存在的。

　　幸运的是，据后来媒体所披露的情况了解到，几经周折，于欢案二审认定于欢的行为属于制止正在进行的不法侵害，其行为具有防卫性质。于欢的行为属于防卫过当，不构成故意杀人罪，原判认定故意伤害罪正确，但量刑过重。判处有期徒刑五年。此前，于欢一审被以故意伤害罪判处无期徒刑。这样的终审结果有如很多电视剧的反转情节，但毕竟是反转了，这是于欢的幸运，也是大众的幸运。

为虎妈辩诬

　　因为慵懒，晚上我常常坐在沙发上看电视。这一段时间，天津台正热播《虎妈猫爸》（以下简称《虎》剧）。《虎》剧大腕云集，赵薇、佟大为、潘虹、董洁、郭凯敏联手演绎，可谓让观众大饱眼福。然而，随着剧情的推进，很多疑问开始纠缠于心，不得纾解。

　　我们的教育，从几十年前就开始喊减负，喊素质教育。但是现实是，负担不减反增。着眼于此，中国教育呼唤猫爸或许情有可原。但是，《虎》剧却因此走向另外一个极端。让人难以理解的是，剧中的虎妈推行的教育理念和手段，在中国，只要是想让孩子上进的父母很多都会这样去做，比如孩子回家该做些功课，鼓励孩子要上进，求取较好的名次。除此之外，并没有让孩子去参加名目众多的各种补习班，也没有要求孩子要学习到多晚，而是坚持认为孩子要有足够的休息时间。这样的学习生活，是中国很多孩子都会有的。但是在剧情中，这样的教育招来了种种攻击。家庭、社会联起手来与虎妈为敌。而且明显看得出来的是，电视剧的价值导向，是倾向于批判虎妈的行为的，剧中设置了很多让人难以相信的情节来抹黑虎妈的行为。比如茜茜因为虎妈严格要求而摔倒受伤，患上严重的心理疾病。按照剧情的逻辑推理，中国应该有许多的学生都会变成傻子。实际情况是，现实中的中国学生，很多人的学习生活节奏远比茜茜来得紧张，他们却正在健康地成长，并且有很多人已经成为杰出的人才。据网上介绍，西方许多私立学校的学生生活，也远比茜茜的生活来得紧张。在一些媒体的报道中，我们知道，美国学生也远不是我们某些专家所说的那般轻松，特别是上大学以后，他们的学习相当刻苦。要是轻轻松松、天天"以玩为主"就是健康，就能推动历史的进程，真是何乐而不为？

　　我们承认，虎妈的爸爸毕大千的行为是有些过分，但是他的动机是好的，是要自己的外孙女成为学习尖子，心地是善良的，这样的行为用"罪恶"来评判，说这样的人"不该活着"，这样的价值判断真让人十分费解。剧中让人

尤为不解的是，猫爸的母亲一直宣扬自己家庭"有教养"（这里就明显包含着对乡下来的毕大千的贬低），她的话语却常常是尖刻和偏激的，我一点都看不出有多少"教养"。反而是虎妈的爸爸毕大千，在辱骂面前表现的是忏悔和自责，其实这样的表现恰恰体现了一种"教养"。猫爸所秉承的是孩子要有"快乐的童年"、要以"玩"为主的教育理念，这种理念被塑造为"正义"的"先进"的，但这能真正体现我们生活的本质吗？从事教育的人都知道，孩子在小的时候如果没有养成好的学习习惯，而是习惯于"玩"，到初中以后就很难改变了。生活中有太多这样活生生的例子，父母的宠爱害了孩子的一生，而《虎》剧对这样的生活现象视而不见，表现为选择性失明。

近段时间，一些学生殴打同龄人的视频引起公众关注。有些学生的行为已经到了令人发指的地步了。这些学生从哪里来？不少是从游戏和玩乐中来的。有没有学习认真、成绩好的学生有时间玩这种打人游戏呢？少之又少。另外，还有一个让人生疑的问题是，那些沉溺于"玩"的学生真的是快乐的吗？在学校里，很多孩子不爱听课，不做作业，天天疯"玩"，于是上课时就眼光无神，表情呆滞，他们并不见得真正快乐。反观一些刻苦学习的同学，倒是目光炯炯，神采奕奕。

我想，学生的快乐指数，并不与学习的努力程度成反比。

家教时的孩子

1997 年春天，我结束了在家长达半年的休学生活，回到省城的师范大学。一方面，我想回校读些书，另外一方面，同学们快毕业了，我想该回去和他们告个别。

回去后几天，因为不能回到班上去，我心里闷着，又想独立生活，我便找了一份家教。

学生是一个五年级的孩子，因病休学，父母都在上班，无暇顾及，就请了家教。孩子的年龄虽小，却懂得很多东西。特别热衷 NBA，说起乔丹及其队友皮彭等，如数家珍。一个小小的孩子，对外国事物的精通使我惊异。他了解世界上许多城市，不仅知道纽约、华盛顿，还知道堪培拉。我暗叫不好，有些方面，我甚至不是他的对手。但对于功课，他却很不上心。他患的是多动症。我讲课，他听着，突然就怪叫一声，伸过头来，咬我的手背，仿佛对付一块大蛋糕。初次发病时，我被吓了一跳。后来我便习惯了。

他很难控制住自己，身边一定要放些玩具，听几句便玩一下玩具：开一下电动汽车，拆一下玩具手枪。我被弄得很烦，不让他玩东西，拿掉他的玩具，他不依不饶，和我闹脾气，甚至课一点也不听了。我急了，训他，他也急了，不理我，跑到床上去，拥了被子，蒙头大哭。我终于静下心来，劝他别哭，他起来了，却拥住我，仍然大哭。问起原因，他说："想同学。"说得我心里发酸。我知道他和我一样，忘不了同学，忘不了学校生活，我就劝他说："你好好学习，很快就回到学校了。"但是我心里想，他可能再也回不了学校了。他的"多动症"弄得学校头痛，终于让他休了学。在家里，有时他闹得厉害，他母亲就大声骂他，他就乱扔东西，扔完了，母子俩抱着大哭。

他在不发病的时候，倒非常可爱。不仅懂得非常多，还会一直讨好人。有一次，他又淘气，不想上课，我就对他说："你这样闹，我以后不来上课了。"他听了，就腻过来，缠住我，不让我走。又说要请客。我不许，说有事情要急着走，他竟堵了门，不让我出去，闹了很长一段时间，又挂电话给他

爸，说要请我吃牛肉面。我知道这是他真实的一点愿望，但我终于脱身而去。他看着我走到楼下，便趴在窗户上大哭，我走在街上，觉得自己有些残忍。

他很聪明，记忆力非常好，许多生词，他甚至只看一遍，便能记住。我检查时，他居然能考上 80 多分，我的讲课，他似听非听，但只要听到，便也记住了。我能够上课的时间往往有限，他无法坚持安静多久，在房间里跑来跑去。上过的课文，他却基本能够掌握，但是我终于感到惭愧，我无法按规定的把两个小时上满，学校也到了放假的时间，我便有了辞去这份家教的想法。最后一次上完课，他跟我到我念书的福建师范大学玩了半天，算是和我告别。

我们之间短暂相识的一份缘，简简单单便结束了。他曾经跟我说过，他要到加拿大去。我不知道他后来去了没有，但我知道，如果病没有好转，他很难再回到学校去。记得我还在教他念书的时候，有一次依他母亲的吩咐，我和他一起到街上去买练习册。一路上他骑一辆小自行车，车速飞快，跑在我左右，眉飞色舞，兴高采烈。离开的时候，我只是想，他的一生很长很长，如果他的病没有好转，有谁能跟他一起玩呢？

这也是现代孩子的青春

　　早上闲着，在同事的桌上翻到最近一期的校报，翻看起来，就读到两位学生的作文，写得相当出色。一位是高一的黄艺红，题目是《寻静》，写电话对现代人的干扰，写得入木三分，言语老到，让我不胜唏嘘。我不太敢相信我们这个偏远的县城的中学生能够有这样的学问、眼光和文笔。高二的一位叫文彦的同学写了一篇叫《倔强》的文章，也是文笔老练，思想深刻。着实让我另眼相看。

　　我经常以为，在现在这样一个以读图为时尚的时代，一切都走向表面和浅薄，现在的中学生再也没有耐性去阅读古诗和文学巨著。想不到黄艺红同学对唐代诗人的了解就出乎我的意料。看来，我对当代中学生的了解仅仅停留在表面，在文化源远流长的国度，真正的文化并不会随着快餐文化的到来而消失殆尽。长在流行歌曲和卡通片下的孩子，并不是没有耐性和思考，他们依然在找寻一种深度，这个也是我们孩子的青春。

　　我甚至有些嫉妒他们。在读中学的时候，我能够找到的课外读本，仅仅是一种流行于当时的杂志。后来虽然知道了一些世界名著和哲学家、文学家，却无法找到他们的原著。直到念大学，我才知道了凯恩斯、海德格尔和荷尔德林等等，但依然无法读他们的原著。记得已故作家刘绍棠在分析新生代作家的时候曾经说过，他们（指新生代作家）虽然没有老一代作家的坎坷经历，但在他们成长的时代，西方文化像海水一样掩盖了他们的灵魂。相对于上一代作家而言，他们具有更广泛的知识背景和更广阔的文化视野，一开始，他们就站在更高的文化起点上，这是他们的幸运。我想，对于现在的这些孩子来说，他们的幸运是一样的。因为相较于我们而言，他们具有更加广阔的文化背景和更广泛的知识来源。只要有心，只要有耐性，他们就会比我们做得更好，成长得更快。或许，这就是我读到的现代青春故事。我为他们深深祝福！

垃圾堆旁边的音乐

我平日里上班，或者从家里出去的时候，是要从两个垃圾桶旁边经过的。我也经常拿了家里的垃圾往那边扔。对蹲守在车库旁边的垃圾桶，我不太在意。

但有一段时间，我却突然发现垃圾桶旁边常常停了一辆垃圾车，有个年轻的小伙子在用一个大铲子往垃圾桶里收垃圾。我有些意外，因为在我的印象里，仿佛收垃圾的都是中老年人。

现在突然看见一个二十几岁的小伙子在收垃圾，我有些诧异，未免多关注一些。我发现这是一个胖胖的小伙子，胖胖的身材，圆圆的脑袋，个头不小。倘若在乡下，应该是个好劳力。小伙子在扬起铲子的时候，往往能听到垃圾车上放着旋律轻快的音乐。放的大致是些流行的爱情歌曲。随着清扬的音乐声，小伙子甩开膀子，将一铲一铲的垃圾轻快地甩到垃圾车里。

我确实有些诧异。因为在我的感觉里，一般年轻人是不愿意干这种活的。这样的活脏，没有面子。而且携带一股臭味，周边的人避之唯恐不及。这样的活也累，不管刮风下雨，不管寒冷炎热，每天都要运走大批量的生活垃圾。在一个势利浮躁的社会里，这小伙子怎么去交女朋友谈恋爱呢？我为这小伙子感到担忧。但看他似乎并不愁苦，并无沮丧，一脸轻松甚至欢快的表情，我不禁在心里默默地赞叹。

他车上的音乐，旋律特别悠扬。记得有一次放的是邰正宵的《九百九十九朵玫瑰》，小伙子一边铲着垃圾，一边随着音乐哼唱"我早已为你种下九百九十九朵玫瑰"。我突然想，他确实也在播种着生活的玫瑰，这九百九十九朵玫瑰，既是给自己，也是给别人。他的歌唱，是点燃青春火种的声音，是世俗阴影下不屈的呐喊。

我又有些想笑，觉得是我多想了。小伙子可能不会想那么多，他可能只是用这样的音乐，来舒缓一下自己的情绪而已。

但我突然就明白了，无论在哪里，青春的旋律都是蓬勃的。

我感动着，并为他深深祝福！

在施舍背后

春天的夜晚，窗外灯火迷离，车流如梭。坐在窗底下，我探头看了街上一眼，不禁凡心大动，就关了房门，到街上溜达去了。

走到车站附近时，突然听到音乐声响，有人引吭高歌，唱的是邰正宵的《九百九十九朵玫瑰》。声音悠扬，缥缥缈缈，直上云霄。我以为又有街头美女帅哥宣传演出，伸了头往那边看，发现一群人围了一个圈子，声音是从圈子里传出的，忙靠近了看，却不是宣传演出，而是一个残疾人在唱歌。

残疾人是一个中年男子，扎一条马尾巴，面部线条刚毅，酷似一流行歌手模样，可惜双腿高度萎缩，仿佛肌肉骨头一起约好了全面撤退，退到大腿根儿，整个人就剩下齐刷刷一截身体和肩上的脑袋。他的前方是方方正正的几排粉笔字，写着许多祝福的语言。那残疾人坐在一个滑动的没有靠背的低矮轮椅上，一手拿着麦克风唱歌，一手在地上写字，字迹刚劲有力，祝福语内容丰富。我有些佩服起这个残疾人来，看来这是一个有着很好文化素养的人，而且歌唱得也确实不错，音质挺好，我有些惋惜。

粉笔字的前头是数行印刷文字，写着残疾人的家事沧桑。这个中年男子犯了肌肉萎缩症，没钱治疗，妻子离他而去，家中剩下年幼的孩子和年迈的双亲，投靠无着，只得到街头卖艺，养家糊口。看了说明，我不禁心头恻恻。

在离我较远的场子中间，放着一个有些破旧的塑料罐子，里面是一些零碎的纸币。我正纳闷着：怎么等了老半天，就没有看到一个人往里面投钱呢？大家都只是静静地听和看，身子不动，宛如木偶。我有些着急，又不好意思越过那么长的人群墙壁去投送区区几个零钱。况且，我又在想，我如果越过这人群，去投送一点点纸币的话，会不会被认为是一种伪善和做作？我踌躇着，不知道该怎么做。或者我应该走开，不该在这里"欣赏"一种悲剧。

应该感谢那位中年妇女，在静默的人群中，她拉出身边的小孩，让小孩拿了一些零钱放到那个有些孤零零的塑料罐子里。我如释重负，穿过人群，也往塑料罐子里投了一些零钱。我听见那个唱歌的残疾人真诚地道谢，也感

159

觉静默的人群似乎有些动静了。但我没有停留，带着有些复杂的心情匆匆离去。

走在路上，我想，站在一边围观而没有伸出援手的人，是不是也和我存着一样的心理呢？在施舍的背后，到底又掩藏着围观群众怎样的一种心理波澜？

又 到 重 阳

重阳，似乎是一个已经被我忘记的节日，今天突然又一次被记起，是因为我打开电脑，电脑屏幕上突然就跳出"重阳"的字样，让我在一瞬间想起一些人和事。

重阳是老年节，因为王维的诗歌，重阳又会让人想起远走他乡，不在身旁的亲人。记得我小时候读王维《九月九日忆山东兄弟》的时候，不太能理解。现在细细品味，感到特别亲切。"独在异乡为异客，每逢佳节倍思亲。遥知兄弟登高处，遍插茱萸少一人。"这首唐诗语言平实，情感真实饱满，具有很强的感染力。小时候因为经历所限，不能领会其中的韵味，不太理解也是难免。

1989 年，重阳被定为"敬老节"，我想有它的时代合理性。中国由于多年的计划生育，已经逐渐步入老年社会。由于生活原因，农村和城市都出现了很多"空巢老人"。孔子"父母在，不远游"的古训，早已被现代社会所抛弃。青年人为了生存发展，一个个远离家乡。农村人往城里走，小城市的人往大城市走，大城市的往国外走，似乎成了中国一道独特的风景。"独在异乡为异客"的现象，已经处处开花了。

前两天，我趁着上午前三节没课，买了一个保温杯和一些水果，到三哥家里去看望母亲。打开房门，母亲还是老样子，步履有些艰难，行动有些迟缓，但比起来漳州住院前，好一些了。想起母亲，我总有些难以抑制的自责。我们这些当孩子的，真是对不起她，多少年了，我们一直漂泊在外，一年到头，只能有几天时间回家看她。她逐渐老去，行动不便。记得前年她来漳州，住在我家一星期，每到有空，我便会带她到外面走走，但是她上下楼梯，已经不太方便，需扶着墙走，走在街上，我总得扶着她，才能放心。我常常想起小时候，母亲总是风风火火的样子，心里便抑制不住感伤。我们这些孩子，多年在外求学、工作，把母亲留在乡下，到我大学毕业，后来大哥到镇上开店，她才住到镇上附近弟弟的房子。到现在，母亲八十多岁了，还能自

己煮饭、烧菜，守着寂寞的身影，看日出日落。到城里来，她总是住不惯，住上几天，就要回去。

　　秋天，重阳，会让我想起很多事情，但是一谈到母亲，我的心就沉重。我是一个喜欢秋天的人，记得在读书期间，看到满地的落叶和高远的天空，我总会心生许多欢喜。但是现在，我更多想到的是母亲，和远在他乡的弟弟，想起"独在异乡为异客，每逢佳节倍思亲"。

散　步

从今年八月份开始，我几乎在每天傍晚，吃完晚饭后，都会从家里出来，到江滨路逛上一段，美其名曰：散步。每次散步时，都会看到三三两两的人群，散布在江滨路的两旁。有的缓缓而行，悠闲自在，形散神也散；有的快步疾走，有如赴会；有的边走边甩手，形同醉汉。各色人等，不一而足。我知道这就是所谓的散步。缓行有缓行的理由，疾走有疾走的好处，但大家的目的是一致的，都是为了健康。

最近我使用了微信，看到微信朋友圈里转载最多的文章就是养生。养生，至少在有些知识文化人群中，成了一种时尚。这种时尚的形成，可能因为多种原因。比如环境污染、食品污染、工作紧张、生活没有规律、某些严重疾病患病率迅速增长。高血压、脑中风、冠心病、糖尿病、各种癌症，成了身边的常态疾病。在这种形势下，电视养生节目蓬勃发展起来，人们的养生意识也快速生长。养生成了很多人的常态，这是社会发展到一定文明程度的标志吧。

记得七八年前，我还在县城工作的时候，就看到一种现象，县城花山溪的两岸，傍晚时总会有大群大群的人们，或快速疾走，或悠然而行。那时我们工作特别繁忙，也因为那时比较年轻，我没有关注这样的景观。有时甚至觉得他们是多事，或者认为有些人附庸风雅，总之是不太在意的。然而到了近几年，生活的漩涡纷纷涌来。亲人病了，朋友病了，而且都是重病。这样严酷的现实，终于让我关注到健康的问题。以前总是说身体是革命的本钱，但是毫不在意的，觉得本钱不用担心，它总是在的。但最近这几年，我信念摇晃，觉得身体是需要注意的。我在年轻的时候，读古诗，读到这样的句子："耳畔频闻故人死，眼前但见少年多"，总觉得那是文人的无病呻吟，为赋新词强说愁。但现在是有些感觉了。记得2012年春节的时候，我们高中同学开同学会，大家风风火火地聚会，快快乐乐地畅谈，没想到就在那一年和第二年，我们的同学就走了两个，一个是冠心病，一个是癌症。现实的铁幕从天

而降，从不和你好好商量。

我于是翻材料、看书本，书本说人要少生病，就要多吃菜，少吃肉，以吃粗粮为好。但现实中，我们不太习惯吃粗粮，蔬菜也只能在市场上买，因为没有种菜的土地，可以让我们像孟浩然一样"开轩面场圃，把酒话桑麻"。据说市场里的蔬菜有农药残留，或蘸了许多防腐剂，不少人工食品也都掺了添加剂；天空有雾霾；水质量受污染。真是"天网恢恢，疏而不漏"。人们无处可逃，只能在运动方面努力努力。但我又怕累，怕麻烦，运动量大了怕流汗，怕洗衣服，怕没完没了地洗澡，所以最好的运动就是散步。后来我在一篇养生文章中也看到，说散步是最好的运动。我得意了好一阵子，常常跟旁人介绍。我的一位同事，从二十几岁起就开始运动，从跑步，到散步，经历了近30年。他的身体，真是一级棒。到了冬天，年轻人都裹得粽子一般，他却能单衣单裤，而毫不畏冷。我很佩服他的坚持。每天傍晚六点左右，只要不是有特别重要的事情缠身，我总能在学校旁边的公路上看到他的身影。甚至于有时候大雨滂沱，也能看到他手持雨伞，行走雨中。真叫雷打不动。

散步不仅能带来好的身体，也能带来好心情。我在学生时代的时候，总觉得散步是一件浪漫的事。夕阳西下，红霞满天，携一两个知己，漫步松林之下，或小溪之旁，可以畅所欲言，也可以一言不发，那种畅意，真是无言以表。宋代才子苏东坡却有另外一种散步的方式。他是在月光之下，邀约朋友，"相与步于中庭"，看"庭下如积水空明"，而生出"何夜无月？何处无竹柏？但少闲人如吾两人者耳"的感慨。苏东坡屡遭贬谪，而能有"竹杖芒鞋轻胜马，谁怕？一蓑烟雨任平生"的潇洒，与他的月下漫步，意趣神飞，是不是有着某种关联呢？

散步，在真名士那里，成了一种境界。

手　机

我记得还在平和正兴学校的时候，学校办了一份报纸，当时在这份报纸上我看到一位学生写手机的文章，我很是惊诧。文章言辞简洁，文笔老道，有思想有深度。手机是我们很熟悉的一件东西，我几次想写，但就是不敢下笔。同名电影也早放映过了，反响不错。写这东西，很难突破，可能毫无新意。

我买第一部手机是在毕业后的第二年，1999 年吧。那个时候，工资是511 元，除了吃饭之外，还要应付人情世故、孝敬长辈，剩下在口袋的钱，只能是滴滴水了，但因为赶时髦，我决定买部手机。这样的决定，对当时的我来说是很让人兴奋的一件事，记得那时我是借了一些钱的。我和一个同学同行，跑到漳州，在手机店里买了一部诺基亚手机，黑色的，据说是可以用来打架，很结实。那时诺基亚是一款流行品牌，有一个好处是待机时间长。买好了，我很兴奋，打了几个电话，就回到三哥的住处，第二天上午吃完饭，我和同学就到路边等车回老家。那时往返漳州和老家的，都是中巴，车摇摇晃晃地过来了，我站在路边，手里拿着一个崭新的盒子，上面有明显的诺基亚标志。车停下来的时候，和往常一样，因为是半路等车，车上乘客已经挤满了，过道里也有人站着。我上车以后，就往后面挤，没想到中间过道上一个大个子堵在那里。挤了一会，等我到了车厢的最后面，停下来的时候，车就继续前行了。这时我才想起我的手机，想拿起来看看，但当我打开盒子，发现里面是空的，我立刻惊呆了。检查了一遍，一无所获，就急急地和旁边的同学说，两人又找了一遍，没有。我想起了刚才过道里的那一幕，恍然醒悟，就大喊司机停车，并大声说我的手机被盗了。司机停了车，我和同学看遍了车厢里的乘客，刚才那个和我挤车的大个子，早已不见了。这时有人说他们已经下车了，我和同学也走下车来，看看路上，早就不见人影。我的大脑里像着了火，回了三哥的住处，和三哥说了，然而也没有什么法子。我记得那个时候并没有报警，不知道什么原因。可能是觉得像这样的小事，警察

165

未必会当作一回事。现在想想，也是法律意识不强，否则总应该报警的。那个时候，车上盗窃手机是常事。有一些盗窃团伙，经常在一些客车上出没，专门做这营生。我想，当时的司机应该是知道他们的，因为他们总在半路上下车，但司机也习以为常，不予提醒，可能因为怕他们报复。

我买第二部手机，是在几年之后了，又是买的诺基亚，从朋友那里买的。这部手机用了很长时间，到底几年，记不住了。后来因为手机的更新换代，我的那部手机没有拍照的功能，就被搁一边了，后来送给了姐姐。我再买了一部能拍照的手机。到今天，我先后也已经买了五部手机，这五部手机伴随着我，记录了我的很多生活，包括友情、爱情、亲情，也记录了我更多的生活轨迹。

一部手机，其实就是一本人生的记录本，里面有太多不为他人所知的秘密。现在的手机，用途更加广泛了，我常常在开会之前，看见有些同事在用手机上网，有些人甚至用手机来看电影，这是让我感到有些兴奋的。一句话，现在的手机，太牛了！当然，像我最近在装修房子，常常还会用手机拍照、设计造型、选择材料。我常常看中央电视台的《经济与法》栏目，我发现手机也常常成为警察破案的重要依据。

一部手机，就是一个精彩的世界。

四 十 人 生

写下这个题目时，觉得有些大了，因为懒惰，我平常写的文章，总是简短得多。大大的帽子，套一个小小的脑袋，未免有滑稽的感觉。但是也就如此，因为这是随意的习作，我就要允许自己的懒散、随意，以此来舒缓人到四十的紧张。

四十人生，总觉得和此前有些不同，少了理想，多了疾病。生命的里子渐渐地显示出粗糙的一面。很多朋友都说过，四十以后，精力不行了，以前几宿几宿不睡，精神还是昂扬，四十以后，一夜无眠，次日清晨就会感觉特别没精神。四十以后，会发现身边的亲人朋友病的多了，走的也有了。最近两年，我的人际关系圈里走了两个高中同学，总是觉得有些突兀。他们那么好的身体，那么好的精神头，怎么说走就走了呢？那么精壮的人，怎么说病了就病了呢？但就是病了，就是走了，绝不是梦境，不是虚构。这就是触摸起来有些冰凉的人生。我的四十，今年就有些不同了，首先是颈椎问题，电脑看久了，颈椎会痛，会胀，会笨拙；再次是心跳，比以前快了，只要休息不好，就会有些感觉，让我浮想联翩。

四十以后的人生，健康指标渐渐出了问题，体检表出来，各项健康指标里上下小箭头多了起来。以前冷的、热的、硬的、软的、酸的、辣的都吃，吃完浑身是劲。现在辣的吃了肚子会胀，冷的、热的吃了肚子依然会胀；油条是我初中最爱的美食，现在很久不吃了；对于冰棍，现在只能遥遥相望，如遇美人，徒见冰凉；昨天傍晚，和一朋友到饭店吃饭，饭店的菜总是油多、热炒，结果胃有意见了。况且我看医学的书，说油腻的东西不利于健康，现在吃饭，看到煎炸的菜，总是退避三舍。我的丈母娘，因为得病，我们告诉她说什么不能吃，她是有意见的，她说："什么都不能吃，活着有什么意思？"比我潇洒多了。

人生四十，是逃避不了责任的。在家里，你是顶梁柱。父母亲老了，行动不便了，而且还多病。你就要把赡养他们的义务担起来。你要负责给他们

煮饭、洗衣，帮助他们洗澡，给他们搛菜。孩子还小，你要负责他的吃喝拉撒，送他们上学，帮他们做作业。在单位里，你是一个熟练工，大的、累的活只能找你。上班时间做不完，晚上或者节假日你得加班。任务不会因为放假就可以延长完成的时限。人到中年，你还承受着成就高不高的压力。你不好好奋斗，一是对不起家人，二是对不起社会。在成功的中年人面前，你会自惭形秽。

人生四十，百分之八十的眼光是看着钞票的，什么能赚钱，做什么少花钱，心里是多少有些计较的。很多中年人，每个月要付房子按揭，付孩子读书的费用，付赡养老人的费用。每月每月地赚钱，每月每月流水一样地花钱。若家里有人生大病了，一到医院，足以把你以前辛辛苦苦赚的钱全部蒸发，让你一夜回到解放前。

人生四十，去求职，老板是不乐意的，年纪大了，文凭小了，资格老了，精力少了。于是一脸的愁思：人家小青年，一个个本科，一个个重点，你就中专或者大专，一边凉快去吧。

后　记

当得知可以出一本散文集时，我的血液突然燃烧起来，眼睛也在一瞬间变得熠熠有神。

这样的好事，似乎在我此前的人生规划中从来都没有被认真地想过。我是一个懒散的人，喜欢写点东西，但往往是凭本性，凭一时兴趣。没有做过完整的写作规划，也没有太多的野心。偶尔投投稿，在报刊杂志上发表点零散的文章，心里似乎也就满足了。

我喜爱文学，是从初中的时候开始的。由于先天条件不足，后天努力不够，我的写作一直处于"三天打鱼，两天晒网"的状态，有时候几个月甚至半年都不见有文字出手。岁月总在懵懵懂懂中过去，一晃之间，已经人到中年。人到中年似乎也到了应该给自己的人生做个中期盘点的时候了。几十年碌碌无为，现在在写作上能出一本集子，这对于我来说，是特别让人感动的一件事。

在暮色四合的夜晚，我终于能从电视机前的沙发上移驾到电脑前的椅子上，安静地坐下来做我的夜间功课，一篇一篇地搜索十几年来写过的文章。可惜的是，十几年前，一些文章是发在 MSN 上的，后来因为电脑出了问题，在重装系统的时候把 MSN 卸掉了，账号也无从记起。那些流着我血脉气息的文字犹如泥牛入海。我是个电脑盲，无法知道要怎么找回我曾经在静夜里写下的那些情思感悟。只能当它们如丢失的某种心爱的物件，留一份徒然的想念。

十几年以来，我的生活辗转流徙，搬了多次住处。以前发表的部分文章也在这样的搬迁中不知所终。这是我感到相当遗憾的事。而今，让我感到幸运的是，终于有机会将我这些年来存留下来的散乱文字集合起来，让它们有个温暖的家。这是一件特别安慰我的事，对我来说，也是一件大喜事。促成这件事的首功，是我的好朋友伍明春先生。认识明春二十几年，在我的很不专业的文学道路上，明春一直是我的提携者和引路人。可以说，如果没有明

春的牵引，我肯定会在物欲膨胀中从写作的小道上走失。这些年来，明春从在社团刊物上编发我的文章，到引领我参加文学社团活动，多次给我提供和文学再度握手的机会，所有这些，都如温暖的火光，一次次照亮了我的梦想。这样的一路扶持，当然不能用简单的一句感谢来表达我的谢忱。我会将这样的一份情谊永铭于心，不敢忘却。

在稿子整理即将结束的日子，我也情不自禁地想起当年和我一样为文学梦想做过努力的叶炜平先生，想起我们在一起的青春岁月。他的激情燃烧的烟卷和诗意张扬的美好文字，给我留下深刻的印象；我的另外一位兄弟张朝晖先生，也曾经用他那字迹优美的手写诗稿，撩拨我对诗意世界的无限向往。当然，说到感谢，我的脑海中还生动地浮现出许多慈祥亲切的面孔。这些年来，是领导、编辑、老师和朋友，包括我亲爱的家人，用他们的关心和爱护，温暖了我的四季，让我的文字始终闪耀着生命的光泽。

我会用重新写作的方式来表达对他们的感谢。